愛さないって言ったの公爵様じゃないですか

～変転オメガの予期せぬ契約結婚～

村崎 樹

illustration:カワイチハル

愛さないって言ったの公爵様じゃないですか

～変転オメガの予期せぬ契約結婚～

ジリクシア王国の北西にある街で、アシュレイは複数の薬草をすりこぎで潰していた。レンガ造りの薬局はどこか温かみがあり、窓から差し込む春の陽光や、室内に多く飾られた緑の鉢植えも、くつろぎやすい雰囲気の演出に一役買っている。

作業室に取りつけられた回動開閉式の扉は胸の高さまでしかなく、扉の上部に空いた隙間から待合室の様子をうかがうことができた。今いる患者は長卓で隔《へだ》てた向こう側にいる老齢の男性・ドミニクで、隣には同じくらいの年の妻が寄り添っている。

内臓の疾患を抱える彼は、内服薬を求め、定期的にこの薬局へ通っていた。

「それでは、ドミニクさん。前回と同じお薬を一ヵ月分ご用意しましたので、朝昼夕の食後に飲んでくださいね。一緒に入れている匙《さじ》ですり切り二杯分、お湯に溶かしてください」

長卓の手前——作業室側に立っている青年が、穏やかな調子で説明する。肩に触れる程度に伸びた金髪は、癖がなく艶《つや》やかだ。透かし模様の布で装飾された立ち襟の上衣と、華やかな刺繍《ししゅう》を施した上着が、彼の繊細な美貌を引き立てている。

青年が瓶詰めした薬を布袋に入れて差し出すと、ドミニクはまるで神々しいものを前にしたかのように、恭《うやうや》しい動作でそれを受け取った。

「ありがとうございます。領主様のご子息自ら薬局に立ち、領民の健康に気を配ってくださるなんて……エメリー様は、ファルコナー領のみならず王国が誇るべき宝です」

「そんな、大袈裟《おおげさ》ですよ」

ドミニクの褒め言葉が照れくさいのだろう。エメリーと呼ばれた青年は肩を竦《すく》めるが、ドミニクは「いいえ!」と力強くかぶりを振った。

「薬学の優れた知識と、患者を思う慈悲の心をお持ちのエメリー様は、もっと評価されるべきです! この名声がファルコナー領からなかなか広まらないことがもどかしい……他の街からやって来た行商人が、オメガのエメリー様の異名を知らなかったことに、どれほどの領民が嘆き悲しんだか!」

熱弁を振るうドミニクは、唾液が気管に落ちたのか、派手にむせ返った。隣に立つ夫人が「興奮しすぎですよ」と背中をさする。

その様子を盗み見ていたアシュレイは、元気そうでなによりだ、と口許をゆるめた。調合し直した薬を瓶に詰めると、それを手にエメリーたちのもとへ向かう。

「ええ、本当に。エメリー様の評判はもっと広まるべきだと思います」

ごく自然な流れでアシュレイが会話に加わると、エメリーがぎょっとした顔を見せた。対照的に、賛同を得たドミニクは目を輝かせる。

「従者様もそう思いますか!」

麻《あさ》の上衣に簡素な作りの胴着を重ね、薬草を調合する際に汁で汚れないための前掛けをしているアシュレイは、どこからどう見てもエメリーを手伝う従者だろう。目立つ色の髪を押し込んだ鳥打帽子の下から、アシュレイはにこやかに答える。

「もちろんです。これほどの美貌を持ちながら、決してそのことを鼻にかけず、努力を怠らないお姿には感服するばかりですから。お兄様であるウォルト様とともに、ファルコナー領をよりよい未来へと導いてくださることでしょう」

「そう！　そうなのです！　ウォルト様もまた、アルファとしての威厳に満ちた素晴らしいお方ですから。次期領主としてその手腕を発揮される日まで、なんとしてでも長生きしなくてはなりません！」

意気揚々と語るドミニクに、うんうん、とアシュレイも頷《うなず》いた。そんな中、エメリーだけが焦った様子を見せる。

「あの、次男のウォルト兄さんも素晴らしいお方ですが、ファルコナー家にはさらに優秀な……」

「ところで、エメリー様」

彼が言わんとすることを察し、アシュレイはすぐさま会話を切り上げた。先ほどドミニクに渡した薬と同じ成分のものを、改めてエメリーに手渡す。

「エメリー様のご指示により、新たに調合し直した薬をご用意しました」

その言葉にエメリーが表情をこわばらせる。いつなんどきも、患者の前では平静を保つように……と幾度となく指導してきたが、彼はどうにも感情が顔に出すぎるきらいがあった。

（まあ、もうすぐ成人を迎えるとはいえ、まだ十五歳のエメリーには難しい話か）

素直なところは彼の長所でもあるし、と頭を切り替え、アシュレイはドミニクに向かってそつのない笑みを見せた。

「前回分の薬をお入れした瓶の口に、緑色の汚れが付着していたでしょう？　その汚れから、エメリー様は『ドミニクさんは新しいお薬が口に合わないのではないか』……と考えられたのです。瓶を傾け、飲み残した薬を捨てたのではないかと」

薬を飲み終わったあとの瓶は薬局で回収している。ドミニクが持参した瓶に残っていた汚れは、前回持ち込まれたものには見られなかった。それで、前回からちょうど薬が変わっていたことを思い出したのだ。今まで処方していたものより苦みの強い薬に。

「そういえばあなた、新しいお薬が口に合わないと話していましたよね。きちんと飲まないといけませんのに、こっそり捨てていたなんて！　せっかくエメリー様に調合していただいたのに、なんと失礼なことを！」

それまでぽかんとした様子で聞いていた夫人が、ドミニクに向かって目を吊《つ》り上げた。アシュレイの推理は大当たりだったらしく、「す、すまない……」とドミニクが背中を丸める。

「新しい薬は蜂蜜《はちみつ》の量を増やしておいた」

二人の賑《にぎ》やかなやりとりに紛《まぎ》れ、アシュレイはエメリーにこっそり耳打ちした。エメリーははっとした様子を見せ、小さく頷いてみせる。

「お二人ともその辺で……。ぼくも彼に、薬の再調合をお願いしたことを失念していました。こちらの薬は甘みを強めたので、前回処方したものよりは飲みやすくなっているはずです」

どうぞ、とエメリーが瓶を差し出すと、ドミニクの表情がみるみるうちに明るくなった。最初に渡した薬と交換する形で受け渡す。

「孫もいる年齢で、薬が苦くて飲めないとは言い出せなかったのですが……『オメガの名薬師《くすし》』の目は誤魔化せませんね」

頭を掻《か》くドミニクに、「次は正直に教えてくださいね」とエメリーが釘《くぎ》を刺した。エメリーに向かって深々と頭を下げ、夫妻は薬局をあとにする。

一息ついたアシュレイは作業室へ戻ろうとした。しかし不機嫌な顔で腕組みをするエメリーが、それを許してくれなかった。

「なーにが『エメリー様』だよ、アシュレイ兄さんったら。自分こそがファルコナー家の長男だっていうのに、従者の振りなんかしちゃって」

頬《ほお》を膨らませる顔にはあどけなさが残る。拗《す》ねる姿も愛らしい弟に、アシュレイは「ふはっ」と噴き出した。無人になった待合室で、鳥打帽子のつばを摘《つま》んで脱ぐ。

橙《だいだい》の色味が強い茶髪は先端が若干跳ねていた。両親・兄弟ともに金髪なのだが、先祖返りによりアシュレイだけが母方の祖母と同じ髪色になった。目の色は父と同じ緑色であるものの、凡庸な第二の性のためか、アルファの父に比べると地味な印象の面立ちだ。

今年で二十歳になるアシュレイ・ファルコナーは、エメリーとはあまり似ていないものの、正真正銘の実兄だった。父であるカーティスは、ファルコナー領を統治する伯爵だ。

「今まで気楽な会話をしてきた相手が、実は領主の長男だった……なんて知ったら、ドミニクさんは震え上がっちゃうだろ？」

エメリーの抗議にもアシュレイは涼しい顔を貫く。伯爵家の三兄弟の中では、長男のアシュレイが最も影が薄いものの、その存在をまったく知られていないわけではない。薬局に立ったときに患者を畏縮させないよう、鳥打帽子で髪と目許を隠し、質素な服装によって本来の身分も隠していた。

けれどエメリーはいまだ納得できない様子で、つんと唇を尖《とが》らせる。

「オメガの名薬師って異名も、本来だったらアシュレイ兄さんに与えられるべきなのに」

「僕はベータだからその異名は語れないぞ？」

「名薬師のほうを言ってるの！」

地団駄《じだんだ》を踏むエメリーに、アシュレイは声を出して笑った。オメガ性のエメリーは華奢《きゃしゃ》かつ小柄で、その姿すら幼い子供に思えて愛おしい。

農業、紡績事業、鉄器文化……。それらに秀でた三国が中心となり、周辺国も含めた合併によって生まれたのがジリクシア王国だ。地域によって様々な特色を持つこの国には、男女の差の他に「第二の性」と呼ばれる性別があった。

華やかな容姿を持ち、体格も知力も恵まれたアルファ。それに対し、男女問わず子宮があるオメガもまた、繊細な美貌が特徴とされている。アルファとオメガは、一〇〇人の国民を集めても一人、二人しか確認できないと言われる希少な性だ。

それ以外の大多数を占めるのが、特筆すべき性質がない一般的な性……ベータだった。

ファルコナー家現当主の父はアルファで、妻である母はオメガ。アシュレイの二つ下の弟であるウォルトがアルファ、四つ下の弟であるエメリーがオメガだ。平凡の極みと言われるベータなのはアシュレイだけ。

けれど己の凡庸《ぼんよう》さが、アシュレイは決して嫌いではなかった。特殊性がないからこそ、どちらの手助けもできるはずだと、そう思っているから。

だがそうやって、裏方に徹しようとする長兄に、エメリーは少なからず不満を抱いているらしい。

おや、と眉を上げるアシュレイの隣で、今度はしょんぼりと肩を落とす。

「そりゃね、ぼくが本当に『オメガの名薬師』って呼んでもらえるだけの実力があれば、それも受け入れるよ。でも実際、ぼくはアシュレイ兄さんほどの知識も経験も持ち合わせてはいないし、薬師としてまだまだだ。さっきだって……空瓶を受け取ったのはぼくなのに、薬を捨てた形跡にちっとも気づけなかった」

どうやらドミニクの件で落ち込んでいたらしい。手助けをするつもりが、結果的に彼の矜持《きょうじ》を傷つけてしまった。アシュレイは己の失態を悔やみつつ、弟の背中を優しくさする。

「エメリーはよくやっているよ。一人一人の患者さんにきちんと向き合い、その人にとって最適な薬を調合するにはどうすればいいか、常に考えている。……最近また夜遅くまで勉強しているだろ？睡眠を削ると体を壊すと言っているのに、また隈《くま》ができてるよ」

「アシュレイ兄さんが成人する頃には、優れた薬師としてすでに頼られる存在だったって聞いてる」

「みんな僕を持ち上げてるだけさ。なんせ伯爵家の長男だからね。気を遣われやすい立場なんだ」

アシュレイはおどけた調子で肩を竦めてみせたが、エメリーは誤魔化されてくれなかった。うさんくさいものを見るような目でじとっと見つめたのち、斜め下に視線を落とす。

「ねえ、もう何度もした質問だけど……アシュレイ兄さんほどの優秀な人が、ぼくの成り代わりみたいな真似《まね》をする必要なんてあるの？　次の領主となるのは長男のアシュレイ兄さんなんだ。薬師として僕に力を貸してくれるのはありがたいけど、次期領主としての仕事を覚えたほうがいいんじゃないの……？」

この話題になると、エメリーは決まって複雑な表情を見せる。次兄のウォルトが評価されることを嬉《うれ》しく思う反面、その陰に隠れ表舞台に出てこないアシュレイをもどかしく思っているのだ。

（ウォルトが次期領主だと信じているドミニクさんたちにも、反論しようとしてたもんな。エメリーは優しいから）

純粋なエメリーを可愛《かわい》く思う。しかし感情的になりやすい弟に、自分の目論見《もくろみ》をすべて打ち明けるのはまだ先かな……と、このときは考えていた。

父の執務室へ向かうよう、従者から急ぎの言伝《ことづて》を受けたのは、その日の夕方のことだった。

薬局の管理を他の薬師に任せ、エメリーとともに屋敷へ戻ると、執務室にはすでに父とウォルトがいた。長椅子に座る二人の正面に、アシュレイとエメリーも並んで腰を下ろす。

「相談したいこととはなんですか？　父上」

口火を切ったのはウォルトだった。アシュレイより二つ年下の彼は、最近は父に付きっきりで領主の仕事を手伝っていたはず。それなのに事情を知らないということは、父が屋敷に戻ったあとに緊急事態が発生したのだろうか。

入室時から固い面持ちだった父は、嘆息ののち、重たい口を開く。

「グランヴィル公爵家から縁談があった。アルファであるご当主のレナード様より、番《つがい》になることを前提に、ファルコナー家の子息と婚姻を結びたい……と」

予想もしていなかった言葉にアシュレイたちは息を呑《の》んだ。

グランヴィル家はジリクシア王国で唯一の臣民公爵だ。王族の血筋ではないものの、建国の際、複数国をまとめ上げるのに尽力したことで公爵位を叙勲した。それ以来王族との親交があり、王国内でも有数の権力者とされている。

その領地の広さゆえ、地域によって貧富の差が激しい時代もあったと聞くが、前当主の代からは随分改善されてきたと聞く。六年前に先代が他界し、息子であるレナードが領主の座を継いだが、まだ二十六歳という若さながら父親に負けず劣らずの手腕を発揮している……ともっぱらの噂《うわさ》だ。

「……なぜ大貴族であるグランヴィル公爵家が、縁もゆかりもない我が家門に縁談を申し込んだのです？　ファルコナーが社交界においてどんな立場にあるのか、公爵閣下はご存じないのでしょうか？」

アシュレイは慎重な口振りで尋ねるが、父も「いや……私にもさっぱりだ」と額《ひたい》に手を当ててうなだれるばかりだ。

大多数の貴族は建国時から爵位を得ているが、ファルコナー家は商人から成り上がった新興貴族だ。代々製薬事業に力を入れてきたファルコナーは、とある薬を開発したことが要因で、高祖父の代に子爵位を叙勲した。

それが、オメガの発情抑制剤だ。男女問わず妊娠可能と言われるオメガだが、通常時の受精率は限りなく低い。だが、三ヵ月に一度訪れる発情期は違う。

短い期間で優秀な子種を得ようという本能からか、発情期の間、オメガは高い受精率を誇るアルファへの催淫作用がある誘惑香《ゆうわくこう》を振り撒《ま》く。また、自身も強烈な性欲に支配されることから、「本能のまま乱れる淫蕩《いんとう》な性」と蔑《さげす》まれ、オメガは長い間差別の対象とされてきた。

そんな状況を打破したのが、ファルコナー家が開発した発情抑制剤だ。

この薬を内服することで、オメガは発情を己の意思で制御できるようになり、今やベータと変わらない生活を送っている。オメガ差別の風潮は徐々に薄れ、オメガの社会進出も進んだことで、今となっては差別は時代遅れな考えとされていた。

オメガの地位が向上するきっかけを作ったとして、貴族の仲間入りを果たしたファルコナー家は、四十年後に新たな薬を開発し今度は伯爵位を得た。王家が統治していた小さな領地を、褒賞として賜《たまわ》ったのはそのときだ。

しかしながら、血筋を重んじる貴族たちからすれば、庶民出身の新興貴族の躍進など当然面白《おもしろ》くはない。社交界においてファルコナー家は今も浮いた存在となっており、どれほど優れた薬を開発してもなかなか他貴族から協力を得られないため、流通させるまでに時間がかかっているのが実状だ。

（そんな状況でグランヴィル公爵家から縁談が舞い込んだのは、天恵に近い幸運だ。大貴族と親戚関係になれば、さすがに他の貴族たちも爪弾《つまはじ》きにすることはできなくなる。製薬事業を拡大し、多くの人に薬を行き渡らせることも夢じゃない）

しかし……と、アシュレイは横目でエメリーをうかがった。来月十六歳の誕生日を迎え、成人する弟は、下唇を噛《か》みしめて俯《うつむ》いている。

幼少期から屋敷に住み込みで働く、エメリーより一つ年上の料理人見習い。庶民のベータである彼とエメリーが想《おも》い合っていることを、ファルコナー家の誰もが気づいていた。互いに身分差を気にして一歩踏み出せずにいるが、エメリーが成人した際は彼らの背中を押してやろう……と、家族内で秘密裏に話していたのだ。

発情したオメガのうなじをアルファが噛むことで番関係が結ばれ、オメガは番のアルファ以外に誘惑香が効かなくなる。そしてアルファもまた、番以外の誘惑香を感知しなくなる。

ジリクシア王国では法律上、同性・異性や、第二の性を問わず婚姻を結ぶことが可能だ。だが、「番になることを前提に」という文言は、オメガを娶《めと》りたいと書いているのと変わらない。

「せっかくのお話ですが、お断りしましょう。グランヴィル公爵家とファルコナー家では、貴族としての格が違いすぎます」

まっすぐ父を見つめ、アシュレイはきっぱりとした口調で告げた。もっともらしい理由を述べたのは、エメリーが下手に気を回さないようにするためだ。視界の端《はし》で、エメリーがほっとしたように肩の力を抜くのが見える。

けれどアシュレイの言葉に、ウォルトが「待ってくれ、兄さん」とすかさず反論した。

「そりゃ俺だってエメリーを嫁がせたくはないが……実際問題、断ることは簡単じゃない。相手は気難しいことで有名なレナード公爵閣下だぞ。新興貴族から縁談を断られたと知られたら、不興を買うかもしれない」

成人後、父とともに行動することが増えたウォルトは、今やアシュレイ以上に社交界の噂に詳しい。ウォルトによると、公爵であるレナード・グランヴィルは、他貴族から媚《こ》びられることを嫌い社交界にもほとんど顔を出していないそうだ。公爵家と縁を結ぶべく、数え切れないほどの貴族が縁談を申し込んだと聞くが、そのすべてが例外なく断られたらしい。

アシュレイは顎に指を添え、無言で考えを巡らせた。

（ウォルトの言い分も一理ある。他の貴族と婚約中ならまだしも、庶民の従者と想い合う仲で……なんて理由では納得しないだろう。返事次第では今以上に、ファルコナー家の立場が危うくなる可能性がある）

なにか打つ手はないだろうか。想い人がいるエメリーを犠牲にせず、公爵家の要望に応える方法が。

視線を落としてしばし沈黙したアシュレイは、ふと思い立って顔を上げた。

「そういえば……父上。先ほどおっしゃっていた婚姻の申し入れの文言は、公爵閣下の手紙に書かれていたものですか？」

「え？　ああ、そのとおりだ」

突然の問いに戸惑いつつ、一度席を立った父は、机の引き出しから手紙を取って戻ってきた。脚の短い卓に便せんを広げると、なるほど確かに、「ファルコナー家のご子息と、ゆくゆくは番になることを前提として、ぜひ婚姻を結びたい」と書かれている。

「つまり、相手がエメリーである必要も、現段階でオメガを指定されたわけでもないということですよね」

涼しい顔でそう言ってのけるアシュレイに、一拍の間ののち、父がぎょっと目を瞠《みは》った。

「ま、まさかアシュレイ、あの薬を使うつもりで……」

「ええ。ファルコナー家に二度目の叙勲をもたらした、我が家門の自慢の薬ですから」

動転する父を他所《よそ》に、いまだ状況が読めていないらしいウォルトとエメリーが首を傾《かし》げる。アシュレイは太股《ふともも》の間で手を組むと、にっこりと笑みを浮かべつつ前傾姿勢になった。

「公爵閣下のもとへは僕が嫁ぐよ。変転薬を使って、第二の性をオメガに変えて」

突拍子もない発言に、執務室が静まり返る。ウォルトとエメリーの悲鳴があがったのは、その直後のことだった。

ジリクシア王国の東に広がるグランヴィル領。その中心街は、ファルコナー領とは比べものにならないほどの規模だ。

宿屋や食堂、服飾店といった建物がとにかく大きい。数え切れないほどの露店が建ち並ぶ大通りには、多くの通行人が行き交っている。白や薄黄色の壁に鮮やかな色の窓枠が並ぶ家々を、アシュレイは馬車の窓から口を半開きにして見上げた。

「すごいですね……さすが王国一の広さを誇るグランヴィル領。これほどの人、ファルコナー領では市《いち》が立つ日ですら見ることができませんよ」

正面の席に座る父に向け、思わず感嘆の言葉を漏らす。領主としての外交はすべて父とウォルトに任せ、ファルコナー領の中で薬師として務めてきたアシュレイは、領地の外に出た経験がほとんどなかった。

公爵であるレナードの妻として、今後はこの地で暮らしていくわけだが、十日間の旅路の末にグランヴィル領へ足を踏み入れても一向に実感が湧かない。

婚姻の申し入れに、ファルコナー家が承諾の返事をしたのが三週間前。そのあと届いたレナードからの手紙に、「できるだけ早く夫婦となりたい」という旨が綴《つづ》られていたため、両家の顔合わせを省略し、アシュレイは異例の早さで輿入《こしい》れすることになった。

相手はファルコナー家とは格の違う大貴族だ。レナードにもなにか、急いで嫁を娶らなくてはならない事情があることは察せられる。

しかしその縁談を、まったく交流のないファルコナー家に持ち込む理由が分からなかった。

（結婚したい相手の名前を明記していなかったり、相手の顔も確認しないまま嫁入りさせたりと、はっきり言ってしまえばこの結婚について投げやりに感じるんだよな。オメガであれば誰でもいいような印象というか……。でもそうだとしたら、見ず知らずの相手じゃなく、顔見知りのオメガに婚姻を申し込むのが普通じゃないか？）

アシュレイが首を捻《ひね》っていると、父が溜め息をつく音が聞こえた。一体どうしたのかと視線を向ければ、沈み込んだ表情の父が慎重に口を開く。

「本当によかったのか？　会ったこともない公爵閣下の妻になるために、ベータ性を捨てオメガになるなんて。もし無理をしているなら、今からお断りしても構わないのだぞ」

縁談の相手に立候補して以降、家族から幾度となくぶつけられた問いだ。アシュレイは思わず苦笑を漏らす。

「僕は構わないと、何度もお話ししたじゃありませんか。第二の性にこだわりがあるわけでもないし、家族や領地を守るためなら変転くらいなんてことないですよ。誰か想い人がいるわけでもないですし」

ファルコナー領をよくすることばかり考えていたアシュレイは、そのための障害物を一つずつ片づけるのに必死で、恋をした経験が一度もなかった。だからこそ、誰かに特別な感情を抱けるエメリーを素敵だと思うし、できることならその想いを成就させてあげたいとも思う。

（それにこの結婚はむしろ、ファルコナー家が開発したオメガ変転薬を、社交界に広められる好機に

なるかもしれないし）

ファルコナー家に二度目の叙勲をもたらした発明――それこそが、アルファやベータをオメガ性に変える変転薬だった。

跡継ぎを残すことが重要視される貴族間では、男女、もしくはアルファとオメガで婚姻を結ぶことが暗黙の了解とされていた。しかしオメガ変転薬は、この不文律を塗り替えることになった。

三ヵ月間、毎日決まった時間に薬を飲んだうえで、一定以上の頻度で胎内にアルファの精を浴びる。そうすることで徐々に子宮が形成され、オメガとして男であっても子を授かる体になるのだ。庶民に比べ圧倒的にアルファが多い貴族には打ってつけの薬と言えよう。

この薬を、貴族にももっと自由な婚姻を広めたいと考えていた当時の国王は高く評価した。それによってファルコナー家は伯爵位と領地を得たのだが……国王の思惑とは裏腹に、変転薬は思うように広まっていない。

その最大の要因が、開発した家門がファルコナー家だということだ。貴族間でオメガ変転薬が広く流通すれば、ファルコナー家の評価を高めることになる。新興貴族をよく思っていない旧来の貴族としては、ファルコナー家を後押しするような行動は避けたいところなのだろう。

けれど、アシュレイがベータからオメガに変転したうえで公爵家に嫁いだとなれば、話は変わってくる。権力者であるグランヴィル家が率先してオメガ変転薬を使うことで、貴族たちは変転薬の存在を無視できなくなるはずだ。そもそも、公爵の妻になったのがファルコナー家の人間と知られれば、それだけで家門への風当たりは弱まるだろう。

（ベータからオメガに変転することは手紙に書けなかったけど……まあ、直接顔を合わせて説明したほうがいいだろ。公爵閣下だって、ファルコナー家がオメガ変転薬を開発したことは当然ご存じだろうし、別の性から変転したオメガが嫁いでくる可能性だって頭に入れてらっしゃるよな）

というか、顔を合わせた時点でベータだと悟られる気がする。主に容姿の地味さを理由に。

……などと考えているうちに馬車は大通りから遠ざかっており、やがてグランヴィル邸へと到着した。馬車を降りたアシュレイは、目の前にそびえ立つ屋敷を前に硬直する。

灰色の石造りの建物は重厚な佇《たたず》まいで、首が痛くなるくらい見上てようやく、その全貌が把握できるほどの大きさだ。貴族の屋敷は曲線を取り入れた装飾の多いものが一般的だが、グランヴィル邸は直線的な造りで、全体的に落ち着いた印象を感じる。けれど質素な雰囲気はなく、むしろ公爵家の歴史と品位を感じさせる迫力があった。

（大貴族とは聞いていたけど、これほど立派な屋敷に住んでいるなんて……というか、今日から僕もここに住むんだよな……？）

公爵夫人になる不安が今さらながらに襲ってきて、アシュレイは思わず表情を曇らせた。怖じ気《おけ》づいていることを父に悟られないよう、「覚悟を決めろ」と必死に己を鼓舞する。

侍従長を始めとする十数名の従者に出迎えられ、アシュレイたちは応接間に通された。上質な革張りの長椅子に畏縮しつつ、父と並んで腰かけていると、やがて背後の扉が開く。

「待たせてすまなかった」

部屋に響く、深みのある低い声。父とともにパッと腰を上げたアシュレイは、入室してきた男性に目を奪われた。

すべてを飲み込む闇のような黒髪の下には、鋭い双眸《そうぼう》が並ぶ。紫色《むらさき》の虹彩《こうさい》は神秘的な印象だが、同時にひんやりとした冷たさも感じさせた。凛々《りり》しい眉に、少し厚めの唇と、彫りの深い面立ちが男らしく、まるで職人によって彫刻された神の化身のようだ。

黒の上衣に合わせた胴着は、深い青色に金糸で刺繍が施されていた。上衣と同色の下衣は直線的な作りで、脚の長さをさらに引き立てている。胸板は厚く肩幅は広く、衣服の上から見ても恵まれた体躯《たいく》であることがうかがえた。

この屋敷の家主と思われる彼は、精悍《せいかん》でありながら謎めいた雰囲気もある、一分《いちぶ》の隙もない美丈夫だった。

「グランヴィル領を統治するレナード・グランヴィルだ。このたびは急な縁談に快い返事をいただき、心より感謝する」

脚の短い卓を挟んだ向こう側に立つと、レナードは整然とした口調で告げた。二十六歳と聞いていたが、公爵という身分のためか、年齢以上に落ち着いて見える。

力強い眼差《まなざ》しをまっすぐ向けられ、アシュレイの鼓動が跳ねた。家族内にアルファがいるため、彼ら特有の迫力には慣れたものだと思っていたが、レナードの鋭い眼光を前にすると獰猛《どうもう》な肉食獣を前にした子兎《こうさぎ》のような気持ちになる。

心が乱れないよう、懸命に平静を保とうとするアシュレイの隣で、父が口を開く。

「ファルコナー家当主、カーティス・ファルコナーと申します。このたびは素晴らしいお話をいただきましたことに、厚くお礼申し上げます。そして、こちらが長男の……」

「アシュレイと申します。公爵閣下にお目にかかれましたこと、大変光栄に存じます」

胸の内で膨らむ動揺に蓋をして、アシュレイは慎《つつ》ましい挨拶をした。レナードが握手を求め、手を差し出してきたため、アシュレイは両手で応える。そのときになって気づいたが、レナードが両手に白い手袋を着用していた。

レナードはアシュレイたちに席につくよう促し、自身も長椅子に腰を下ろした。ほっと息をつきかけたところで、レナードが「ところで……」と口火を切る。

「婚姻の相手がアシュレイ殿であることは手紙の返事で知っていたが、長男だとは初耳だ。家に残り、家督を継がずともよかったのか？　もしや、公爵家からの縁談を断れず、領主となる道を諦めさせてしまったか？」

わずかに表情を曇らせるレナードに、アシュレイはすぐさまかぶりを振った。

「ご心配には及びません。もとより、家督は弟に継がせるつもりでした。二つ下にアルファの弟がおりまして、彼のほうが領主の器に相応《ふさわ》しいと前々から考えていたのです。成人を迎える頃にはすでに心を決め、父にもそのように伝えて、僕は薬師として領民の生活を支えておりました」

その説明に嘘《うそ》はなかった。レナードの妻に立候補したときも、弟たちに同じ話をしたのだ。本当は、ウォルトが次期領主として成熟し、エメリーが薬師として十分な経験を得るまで、もう少し胸の内に秘めておくつもりだったのだが。

従者の振りをしてまで、アシュレイが頑《かたく》なに表舞台に立とうとしなかったのは、「ファルコナー家の次期領主はウォルト」という印象を領民に根づかせるためだ。長男のアシュレイ派と、次男ではあるがアルファのウォルト派で、領民の心が分断されるのを避けたかった。

(初めて打ち明けたときのウォルト、怒ってたなあ……。『ベータだとかアルファだとか、そんなの関係なく兄さんを尊敬してるんだから、兄さんが家督を継ぐべきだ』って声を荒げて)

我が弟ながら、心持ちがまっすぐな青年に育ったものだ。丁寧に言葉を重ねて説得し、最終的には納得してもらえたのだが、あれほど取り乱すウォルトを見るのは初めてだった。

アシュレイがひと月前の出来事を懐かしく振り返っている中、レナードは微《かす》かに眉間に皺《しわ》を寄せる。

「領主として家門と領地を守ることに、第二の性は関係ないだろう?」

「――……」

なんの迷いもなくそう言われ、アシュレイは咄嗟《とっさ》に言葉が出てこなかった。

かつては社会階級の底辺にいたオメガだが、彼らへの差別が撤廃されたことで、現在では第二の性による階級意識も随分と薄れている。

とはいえ、知力・体力ともに他の性を圧倒するアルファを、「優れた性」と認識している者は今も多い。王国に存在するアルファの大多数が貴族階級ということもあり、貴族の間では特にその思想が顕著だ。弟たちが「家督を継ぐのは長男」と考えていたのは、ファルコナー家が庶民出身で、彼らも同じ考えを持つためだ。

公爵家で生まれ育ったレナードには、「家督はアルファが継ぐ」と言えば納得するものと考えていたが、どうやら違うらしい。アシュレイは思案ののち、そつのない笑みを浮かべて言葉を正す。

「もちろん、アルファだからという理由だけで家督を譲ることはできません。しかし、弟は間違いなく僕より優秀でした。発想が柔軟で、度胸があり、彼の活躍に舌を巻いたことは数え切れないほどです。より優秀な者が領主となるほうが、生まれた順番にこだわるよりも、領民のためになるだろうと考えました」

その言葉にもまた嘘はない。領主の仕事を手伝うウォルトは物覚えがよく、領地を発展させるための新たな提案も絶え間ないと、父から聞かされていた。だからこそアシュレイも、今のウォルトになら次期領主を任せられると思ったのだ。

滑らかな弁舌で答えるアシュレイを前に、レナードがわずかに眉を上げる。なにかを見定めるような視線を寄越したのち、固くしていた表情をふいにゆるめた。

「それもそうだな。早合点をし、失礼した」

元が冷たそうに見える美貌な分、微かな笑みが際立つ。鉄壁の美丈夫が見せたわずかな隙に、アシュレイの胸が高鳴った。いけない、見惚《みと》れていないでしっかりしなくては。

アシュレイが気を引きしめ直す中、レナードは部屋の隅に控えていた侍従長に指示を送った。侍従長が小ぶりな箱を手にやって来ると、それを受け取り、アシュレイへと差し出す。

「ささやかだが、遠路はるばるやって来た妻へ贈りものだ。受け取ってほしい」

「……？　ありがとうございます」

アシュレイはおずおずと手を伸ばすと、箱を卓に置き、華やかな装飾用の織布を解《ほど》いた。

箱の中に詰められていたのは、乾燥させた植物だった。薄い水色の花びらと独特な形の葉が特徴的で、甘さの中に少しばかり癖のある香りが漂ってくる。花嫁に贈るには少々奇抜な代物だ。

しかしその正体に気づいたアシュレイは驚愕《きょうがく》に目を見開いた。慎ましい婚約者を装っていたのも忘れ、かぶりつくような勢いで箱を手に取る。

「こっ、これは……フロリディアの花ではございませんか⁉　解熱鎮痛剤の材料として高い効果を誇るものの、生息地がごく限られているため、非常に希少で入手が困難な植物のはず。これほど貴重なものをいただいてしまって、本当によろしいのですか？」

図鑑では目にしていたものの、小さな領地には決して出回らない薬材に、アシュレイは目を輝かせた。問いかける言葉とは裏腹に、決して離すまいとばかりにぎゅっと箱を抱きしめる。

アシュレイの反応が想像以上だったのだろう。レナードは鋭い印象の目を見開き、ぽかんとした。

直後に、口許を手で覆い顔を背ける。肩が細かく震えていて、懸命に笑いを堪《こら》えている様子がうかがえた。

「ああ、構わない。喜んでもらえてなによりだ」

よほどおかしかったのか、こちらに向き直ったレナードは、いまだ相好《そうごう》を崩していた。思いがけず気安い笑みに、アシュレイは戸惑う。他の貴族との関わりを持ちたがらない、気難しい公爵だと聞いていたが、今のところそのような印象は感じられなかった。

レナードは咳払《せきばら》いをして表情を引きしめると、紫色の目で再びアシュレイを捕らえる。

「市場には滅多に出回らない薬材を、一目で見抜く知識の深さ……。ファルコナー家には『庶民を救うオメガの名薬師がいる』という噂は本当だったのだな」

その言葉に、わずかに和みかけていた空気がこわばった。無論、ファルコナー側が一方的に緊迫しているだけで、レナードがその変化に気づく様子はない。

(……まずい)

オメガだと偽るにはあまりに地味な、凡庸な面立ちのアシュレイを、レナードはどうやらオメガだと信じて疑っていないようだ。

硬直するアシュレイを意に介さず、レナードは語り始める。

「実は今回の縁談は、第四王子であるパトリック王子殿下の薦めにより実現したのだ」

レナードより一つ年下の第四王子は、成人前、同じ師に勉学を教わる学友だったらしい。

柔軟な考えを持つことに努めている第四王子は、庶民の生活に興味を持ち、調査を行っているという。庶民出身であるファルコナー家もまた彼の興味の対象だったそうで、行商人に扮《ふん》した従者がファ

ルコナー領に度々足を運んでいたらしい。そこで耳にしたのが「オメガの名薬師」の噂だ。

「長い間親しくしていただいているパトリック王子殿下が、かの『オメガの名薬師』であれば、私の結婚相手として相応しいはずだ……と強く勧めてくださった。アシュレイ殿と婚姻を結ぶことはすでにパトリック王子殿下のお耳にも届いていて、祝福のお言葉をいただいている」

なぜファルコナー家へ婚姻の申し入れをしたのかを、レナードは丁寧に説明してくれた。けれど事の経緯を知れば知るほど、アシュレイが箱を抱える指先は冷えていく。焦りが噴出し、背中にじっとりと汗をかく。

なにかしらの目的があって、レナードがファルコナー家との繋《つな》がりを求めていることまでは想像していた。オメガを娶りたい旨を匂わせたのは、貴族として血の繋がった子孫を残すことに重きを置いているからで、子供を作れるのであれば三兄弟のうち誰でもいいのだろうと考えた。

けれど実際は、レナードは「オメガの名薬師」を妻に迎えることを希望していたのだ。

(まずい……まずいまずい。公爵閣下のみならず、パトリック王子殿下まで婚姻に関わっていたなんて、本当にまずいぞ)

アシュレイがベータだと知られれば、レナードが激怒することは火を見るより明らかだった。かといって、オメガの弟を連れてこいと要求されても困る。エメリーは「オメガの名薬師」ではないからだ。エメリーに成り代わり、彼にその異名を与えたのはアシュレイなのだから。

青い顔で俯くアシュレイに、レナードが「大丈夫か?」と気遣わしげな声をかけてくる。

「十日間にも及ぶ旅で、疲れが溜まっているだろう。いくらファルコナー製の首輪が丈夫だと言っても、なにごともなくグランヴィル領へたどり着けるかと、気を張っていたはずだ」

彼の言葉が意味することを、アシュレイは瞬時に理解できなかった。けれどすぐに、はっとして己の首に触れる。

上衣の立襟で隠した首元には、オメガ専用の首輪が巻かれていた。体調不良等による予期せぬ発情で、アルファと望まぬ番関係を結ばないよう、オメガのうなじを守るための首輪だ。革で仕立てたものに特別な薬液をかけて固め、金属並みの強度を持たせている。

ベータのアシュレイには不要の代物だが、グランヴィル邸を訪れる姿を第三者に目撃された場合を考え、念のため着用してきた。アシュレイが元ベータであることをレナードが公表したがらなかった場合、「首輪もせずに旅をした不用意なオメガ」として、批難される可能性があるからだ。

どうやら襟元から、その首輪がわずかに覗《のぞ》いていたらしい。

(それで僕がオメガだと疑わなかったのか)

納得すると同時に、アシュレイは頭を抱えたくなった。よかれと思って行ったことが、全部裏目に出ている。レナードに真実を伝え、結婚生活を送る中でオメガに変転する……という算段は、早くも崩れ去ってしまった。

湯浴みを終えて寝室へやって来たアシュレイは、窓際に設置された広い寝台を前にごくりと喉を鳴らした。レナードはあとから浴室を利用しているため、部屋にはアシュレイしかいない。

燭台《しょくだい》に灯《とも》された火によってぼんやりと浮かび上がる寝台の縁に、アシュレイは恐る恐る腰かける。

閨事《ねやごと》について調べた際、「ベータ男性が抱かれる場合は事前に後孔を解《ほぐ》す必要がある」と知り、湯浴みのときに自分で弄《いじ》っていた。レナードとの婚姻が決まってから何度か密かに練習していたのだが、後ろに指を入れたあとはやはりどうにも異物感が残る。

アシュレイは素肌に前開きの寝間着だけを身につけた格好だった。ぼんやりと宙を眺めながら、温《ぬく》もりを求めて手のひらを擦《こす》り合わせる。たっぷりの湯で満たされた大きな浴槽《よくそう》に入らせてもらったのに、緊張のせいかすでに指先が冷えていた。

「……もう後戻りできないぞ……」

のしかかる重圧に耐えかね、思わず独り言が漏れる。

昼前にグランヴィル邸へ到着したアシュレイは、午後には神殿へ行き、レナードとともに婚姻宣誓書に署名をしてきた。少しでも早く夫婦になりたいというのがレナードの要望だったため、先に書類の提出を済ませ、披露宴については追々計画を立てることにしたのだ。

レナードの両親は他界しているため、アシュレイの父にのみ見守られ司祭の祝福を受けた。必要最低限とも言える婚姻の儀であり、大貴族の結婚としては異例だろう。

それでもとにかく、アシュレイはレナードの妻となった。なってしまった。彼になんの説明もできないまま。

ざわめく胸を落ち着かせようと、アシュレイは寝間着の上から手のひらを当て、深く息を吸い込む。できるだけ冷静に状況を整理しようと努めた。

（今日の分の変転薬はもう飲んだ。あとはアルファの精を胎内に浴びる……有り体《あてい》に言えば、公爵閣下に抱いてもらうことさえできれば、三ヵ月でオメガの体に変わるんだ）

変転するためには最低でも週に一度、彼と体の関係を持つ必要がある。この点は、結婚相手としてオメガを望んだことを考えれば問題ないだろう。子を授かることが目的なら夫婦生活にも協力してくれるはずだ。

つまり、ベータの体であることを隠したままでも、問題なくオメガへ変転できるのだ。しかし、嘘をついているという罪悪感は募る。今のところレナードに悪い印象がない分、余計に。

婚姻の儀の前、「やはり今からでも真実を伝えたほうがいいんじゃないか？」と青ざめた顔で告げた父に、アシュレイは「絶対にうまくやるので、僕に任せてください」と言い切った。それなのに一人になると途端に決意が揺らいでしまう。

「〜〜……っ」

ぎゅっと目を瞑《つぶ》ったアシュレイは、パンパンッと音を立てて両頬を叩《たた》いた。

（覚悟を決めろ、アシュレイ！　ファルコナー家を守るんだろ！）

気合いを入れ直すと同時に寝室の扉が開く。視線をやった先には寝間着姿のレナードが立っていた。

扉を閉めたレナードが寝台へ近寄ってくる。アシュレイは一気に緊張が高まるが、彼の全身を確認したところで違和感を覚えた。髪は湿り、湯浴みを終えたことが分かるのに、レナードはいまだ白い手袋を装着していたのだ。

外さないのか……と尋ねては失礼だろうか。そんなことを考えていると、隣に座ったレナードが、

「傷跡が多いので、人前ではあまり手を見せないようにしている。燭台の火を落としてから外すつもりだ」

と説明する。どういった経緯でできた傷か、ということまでは語られなかった。あまり深入りされたくない事情があるのかもしれない。

（考えてみたら、どうして公爵閣下が結婚を急いだのかは、結局分からないままなんだよな。いくら王子殿下に勧められたからといって、オメガの名薬師が誰なのかも確認しないまま婚姻を結ぶあたり、あまりに性急な気がするし）

それに、「番になることを前提として」などと遠回しな書き方をして、オメガを娶りたいと明記しなかったのも奇妙だ。きっとレナードも、まだアシュレイに打ち明けていない秘密があるのだろう。

「もし疲れているなら、今夜はやめておくが……」

床に視線を落とし悶々《もんもん》と考え込むアシュレイに、レナードが気遣いの言葉をかけてくる。アシュレイははっとして、慌ててレナードに顔を向けた。

「まだ公爵閣下の妻になった実感が湧かず、緊張していたのです。体調はなんら問題ございません」

むしろ夫婦の営みを先送りにされるほうが困る。オメガに変転するため、なんとしてでも週に一回

以上、彼に抱いてもらわなくてはならないのだ。

レナードはわずかに表情をゆるめ、「そうか」と短く返した。それから腰の位置をずらし、アシュレイとの距離を詰める。

「もう夫婦になったのだから、レナードと呼んでくれ。私もアシュレイと呼ぶ」

「……レナード様」

「呼び捨ては難しいか？」

「ま、まだ少し恐れ多く……本日初めてお目にかかりましたので」

「それもそうだな。すまない。私の我儘《わがまま》に付き合わせた結果だというのに、初日からあれこれ求めてはいけないな」

レナードが苦笑を漏らすと、その端整な顔がまた少し綻《ほころ》んだ。怯《ひる》むほど力強く双眸が輝いているのに、わずかに細められるだけで、視線を逸《そ》らせなくなるほどの引力を持つ。レナードが持つ不思議な魅力に、アシュレイは自然と引き寄せられていく。

無言で見つめるアシュレイに、レナードもまた口を閉ざした。大きな手が腰に添えられ、反対の手がアシュレイの頬に触れる。親指の腹が肌を滑り、頭を上向けるよう促してくる。

されるがまま見上げたアシュレイは、顔が近づいてくるのに合わせまぶたを伏せた。唇にやわらかなものが触れ、それがレナードの唇だと悟る。アシュレイにとって人生で初めてのキスだった。

重ねるだけの口付けを終えると、レナードは「こちらへ」と寝台の中央にアシュレイを導いた。窓際に置いていた燭台の火を消され、寝室が暗闇に沈む。

次にどうすればいいのか分からず、寝台にぺたりと尻をつけて座っていると、すぐそばで衣擦《きぬず》れの音がした。ややあってレナードの手が肩に触れる。手袋を外したらしく、寝間着越しに彼の手のひらの感触が伝わってきた。

大きな手に促されるままアシュレイが仰向《あおむ》けになると、レナードが顔の横に腕を置き、のしかかってくる。首筋を唇で食《は》まれ、アシュレイは皮膚の下を熱が駆け巡るような、急激な羞恥が湧き上がるのを感じた。胸を合わせているため、バクバクと跳ねる心音はレナードに伝わってしまっただろう。

為《な》す術《すべ》なく硬直するアシュレイの体を、レナードは宥《なだ》めるように撫《な》でさする。しかしなにかに気づいたように動きを止めると、おもむろに顔を上げた。

「誘惑香の匂いがしない……？」

首を傾げ、訝《いぶか》しげに漏らすレナードを前に、今度は焦りが噴き上がる。オメガは常日頃から微量の誘惑香を放つのだが、もちろんベータのアシュレイからは香るはずがない。

「は、発情期が終わった直後でして……！　普段はほとんど香らない体質なのです」

咄嗟に言い訳すると、レナードは「なるほど」と素直に頷いた。嘘に嘘を重ねてしまい、アシュレイはいよいよ良心の呵責《かしゃく》に苛《さいな》まれる。

慎重な愛撫《あいぶ》を再開したレナードだが、寝間着の合わせ目に手を差し入れ、内股を撫でたところで再び動きを止めた。先ほどと同様、不思議そうに首を傾げる。

「次の発情まで期間が空いているわりには、随分濡れているな……？」

その困惑した声に、アシュレイは頭から火を噴きそうなほど赤面する。同時に、サーッと血の気が引くような感覚に陥った。

オメガ男性は性的興奮を覚えることで後孔が愛液で濡れ、男性器を迎える準備をするため、初めての性行為であっても痛みを抑えることができる。特に発情期中は、なにもしていなくともおびただしい量の愛液が垂れてくるという。

ベータの体にはそのような仕組みは備わっていないため、湯浴みをしながら後孔を解す際、胎内に固形状の潤滑剤を仕込んでいた。球体のそれは体温によって徐々に溶かされ、自然と後孔から漏れ出す予定だったが、湯浴みによって体が温まり早々にすべて漏れ出てしまったらしい。

つまり今のアシュレイは、発情期でもないくせに後孔がぐっしょり濡れているという、恐ろしくちぐはぐな状態だったのだ。

「……、……体質です……」

アシュレイは消え入りそうな声でなんとか言い訳し、レナードの腕をぎゅっとつかんだ。これ以上ぼろが出る前に初夜を完遂しなくてはならない。

「こ、こういった感じでよく濡れておりますので、もう挿入してください！」

なぜ自分は後孔の状態について解説しているのか、と冷静な自分が心の中で突っ込むが、耳を傾ける余裕などなかった。食い気味に迫るアシュレイに、レナードが狼狽《ろうばい》する様子を見せる。

「いや、しかしまだ……」

「よいのです、大丈夫です！　さあ！」

「あ、ああ」

完全にアシュレイに気圧《けお》され、レナードは混乱しながらも頷いた。アシュレイの後孔に指を差し入れると、中の状態を確かめる。特訓の成果が出たようで、「大丈夫そうだな」と納得してくれた。

暗がりの中、己の中心を扱《しご》いたレナードは、挿入できる硬さになったそれをアシュレイの後孔に宛がった。あとは自分の体で快感を覚えてもらい、中に射精してもらえれば初回の閨は達成だ……と、アシュレイは半ばやりきったような気持ちでいた。

けれど太く大きな杭《くい》が、蕾《つぼみ》をめりっとこじ開けた瞬間、すべての予定が白紙に戻る。

「い……っ!!」

頭の中に雷が落ちたような衝撃に、アシュレイは目を見開いて短い悲鳴をあげた。

二人の間に沈黙が落ち、数秒ののちにレナードが身を引いた。恐らく先端すら入りきらないまま結合が解かれる。平気です、続けてください……と訴える気力も湧かないほど、アシュレイは身を裂かれる痛みに心が折れてしまっていた。

アシュレイが死んだ魚のように寝台に横たわる中、レナードが無言で己の寝間着を整えた。やがて振り返ったレナードは、暗闇の中でもはっきり分かるほど強烈な怒気を放っていた。

「なにかがおかしいと思っていたが……」

不信感が滲《にじ》む声は刺々《とげとげ》しく、アシュレイを突き刺す。処刑台に立たされた囚人のような気持ちで、アシュレイは絶望の瞬間を待つしかなかった。

「お前、オメガじゃないな？」

端的な言葉で核心を突かれ、アシュレイは神に祈るように胸の前で手を合わせる。ああ、この憐《あわ》れな魚を、せめて包丁で切り刻まれる前に昇天させてはいただけないでしょうか……。

——……などと都合のいい展開はなく。

寝間着を整えたアシュレイにできるのは、ただ寝台にひれ伏して謝罪することだけだった。

「……つまり、想い人がいるオメガの弟が嫁がずに済むよう、自分がオメガに変転して代わりに嫁ぐことにしたってことか？　俺になに一つ相談せず、婚姻の儀までしっかり済ませて、こっそりオメガの体になろうと、そう企《たくら》んだってことだな？」

「……左様でございます……」

腕組みをしたレナードにずけずけと指摘され、アシュレイは蚊の鳴くような声で答えた。もはや言い訳のしようがないと判断し、事の経緯をすべてレナードに打ち明けたのだ。

完全に戦意喪失しているアシュレイとは対照的に、レナードは苛立《いらだ》ちを隠しもせず、乱雑に黒髪を掻く。「ああ、クソッ」と悪態をつく様は、昼間に見た威厳あふれる公爵の姿とはほど遠い。気づけば一人称が「私」から「俺」に変わり、口調も荒々しくなっていた。

「俺は最初からオメガとの結婚なんて望んでいなかったんだ。それなのにパトリックの奴《やつ》、『この人なら絶対にお前とうまくやれる』なんて強引に縁談を進めやがって。婚姻の手配もパトリックに丸投げしたのが完全に徒《あだ》になった」

憤りに任せ、第四王子への不満を述べるレナードの顔を、アシュレイは恐る恐るうかがった。アシュレイの困惑が伝わったようで、レナードは盛大な舌打ちの音を漏らし、真相を語り始める。

「家督を継いでからというもの、数え切れないほどの縁談が舞い込んできたが、すべて断ってきたんだ。結婚になど興味はないし、血筋を重視する貴族の考えにもまるで同意できなかったからな。いざとなれば優秀な人材を養子に迎え、俺の跡を継がせればいいと思っていた」

しかし大貴族の当主が独身となれば、身内を妻の座に就かせ、親戚関係になりたいと考える者はあとを絶たない。縁談という正攻法が効かないと分かると、とうとう強硬手段に出る家が現れた。それが、オメガの令嬢や令息がいる家門だった。

「あいつら、自分の子供を発情させた状態で俺のもとへ寄越しやがった。発情に当てられた俺が、オメガを妊娠させたり番にしたりすることで、責任を取らせることができる。そうやって婚姻を結ばせようと考えたんだ」

必死に理性を掻き集め、なんとかオメガを遠ざけたレナードだが、その後も度々似たような奇襲に遭《あ》ったという。そのことをパトリックに相談すると、「いっそのこと、信頼の置けるオメガと結婚し、番になってしまえばいいのではないか」と提案された。

「番がいるアルファは、他のオメガの誘惑香を感知できない……。その性質を利用しようとしたわけですね」

寝台に正座して話を聞いていたアシュレイは、レナードが結婚を急いだ理由にようやく合点がいった。一刻も早く番を作り、オメガの奇襲から身を守ろうとしたのだ。結婚相手の条件として「オメガ」と明記しなかったのは、何度も危ない目に遭わされただけに、心のどこかで抵抗があったのだろう。

「当主である俺の結婚は、グランヴィル領の未来に関わってくる。既成事実を作ってでもグランヴィル家の親族になろう、なんて身勝手な考えをする家門が公爵家に入り込めば、いずれ必ず領民の生活に悪影響を及ぼすからな」

だから……と、レナードは続きを言いかけたところでアシュレイに目を向けた。怒りと呆《あき》れが混じる強い眼差しに射貫《いぬ》かれ、アシュレイはごくりと喉を鳴らす。

「だから、嫌気が差しながらもオメガを娶ることを決めた。それがどうだ？　俺のもとにやって来たのは、オメガの振りをしたベータだった。騙《だま》し討ちをして婚姻を結ぶあたり、今までのオメガたちとなにも変わらないじゃないか」

冷たく突き放すような物言いをされ、アシュレイは背筋が凍った。頭の中で警鐘が鳴る。

まずい。レナードはアシュレイを――ファルコナー家を見限ろうとしている。

「この婚姻は破談だ。明日にでも神殿へ向かい、離縁の手続きを行う。朝になったらすぐに実家に帰れるよう、今夜のうちに荷物をまとめておけ」

レナードはそう言うと、寝台を下り扉に向かって歩き出した。寝室を出て行くつもりなのだろう。

アシュレイも弾かれたように立ち上がり、全力疾走で彼を追いかける。

扉の前に先回りすると、アシュレイは必死にレナードの腕に縋《すが》った。

「お待ちください！　離縁について、考え直してはもらえませんか!?」

「断る。俺は嘘をつく奴が死ぬほど嫌いなんだ。騙されていたと知りながら、真っ当な夫婦生活が送れると思っているのか？」

吐き捨てるような台詞《せりふ》に、アシュレイは怯みそうになる。けれど諦めることなどできなかった。

（レナード様にたった一日で愛想を尽かされたことが知られれば、ファルコナー家は今度こそ社交界で居場所をなくしてしまう。今まで以上に他の貴族に虐げられ、事業が傾き……そうなったら領民の生活はどうなる？）

ファルコナー家の長男として、今やれる最善を尽くさなくてはならない。たとえどれほど罵られ、惨めな思いをしたとしても、引き下がるわけにはいかないのだ。

「レナード様のおっしゃるとおりです。妻として、今後もレナード様に信頼していただけるとは思っておりません。けれどただ一つ、お約束できることがございます」

決してレナードから目を逸らさず、熱のこもった視線を返しながらアシュレイは捲《まく》し立てた。その剣幕に、取り付く島もなかったレナードがピクリと眉を震わせる。

「それは、オメガ変転の成功率です」

自分の言葉にレナードが興味を持った瞬間を、アシュレイは見逃さなかった。熱量のある言葉を間髪入れずにぶつける。

「オメガ変転薬は、長い間薬の開発に携わってきたファルコナー家の集大成です。週に一回、閨をともにすることだけご協力いただければ、僕は確実にオメガへと変転します。三ヵ月後、初めて発情した際にうなじを噛んでいただくことで、レナード様は生涯オメガの発情に脅かされなくなるのです」

自分が今できるのは、この身を使って償うことだけだ。彼の番になったあと、目的を果たしたことでアシュレイが用なしとなり、レナードから冷遇されても構わない。

情熱を込めた訴えは、少なからず彼の心を動かしたらしい。まるでアシュレイの決意を見極めるかのように、レナードがじっと見つめてくる。

「……オメガ変転が完了するまでの間、俺は今までと変わらず脅威に晒《さら》されることになるのだが？」

「発情していない限り、うなじを噛んでも番になれないのは、生まれながらのオメガであっても変わりありません」

「その間、お前はどんな利点をもたらしてくれる？」

「人前に出るときはうなじに歯型を描き、すでにレナード様の番であるように振る舞います。実際に婚姻関係を結んでいるのだから、信憑《しんぴょう》性は高いはず。番持ちだと認識されれば、それだけで発情したオメガからの奇襲は激減するでしょう」

アシュレイがどういった回答をするのか、試されているようなやりとりだった。再び口を閉ざしたレナードは、腕を組んで思案する。アシュレイは太股の横でこぶしを握り、じっと答えを待った。

やがてレナードは大きく息を吐いた。不機嫌そうに顔を顰《しか》め、アシュレイを見下ろす。

「分かった。その計画に乗ってやる」

「……！　本当ですか！」

喜色を露《あら》わにするアシュレイに、レナードは「だが」と釘を刺すように続けた。

「俺たちの婚姻はあくまで互いの利益の上に成り立つ、いわば契約結婚だ。屋敷の外に出れば親しげに振る舞うが、それは邪《よこしま》な考えを持つ者に付け入る隙を与えないためだ。この先、妻として俺に愛されることなど決して期待するな」

薄情にも思える宣言だが、アシュレイにとってはこの上ない条件だった。少なくとも、この場で離縁を言い渡されるより何百倍もましだ。アシュレイは目を輝かせ、嬉々《きき》として頷く。

「もちろんでございます！　ファルコナーの名にかけて、なんとしてでもレナード様のためのオメガになってみせます！」

青葉が薫《かお》る、爽《さわ》やかな初夏の夜。こうして、オメガと番になって身を守りたいアルファと、他貴族からの重圧から実家を守りたいベータの、それぞれの目的を果たすための契約結婚が始まったのだ。


深紅の絨毯《じゅうたん》が敷かれた執務室は、簡素な意匠ではあるものの上質な調度品が並んでいる。窓の外から明るい光が差し込む中、アシュレイは長椅子に座り書類整理を行っていた。部屋の奥に設置された机では、レナードが書類の山に目を通しながら、ペンを走らせたり文官に指示を出したりしている。

グランヴィル家に嫁いできてから今日で一週間。公爵夫人として、アシュレイは屋敷の管理と並行しながら、少しずつレナードの仕事を手伝い始めていた。

署名を済ませた書類を処理済みの束に重ねると、レナードはふと思い立ったように顔を上げた。

「各地域の春の収穫率について、報告はあがっているか？」

その問いに、せっせと帳簿をつけていた文官が手を止め、資料を取り出す。

「概《おおむ》ね例年並みですが、北部のみ七割程度に落ち込んでいます。恐らく、今年は季節の変わり目で天候が恵まれなかったため、雪解けまで時間がかかったことが原因かと」

「なるほど。収穫率の低下が夏まで響くようであれば、早めに食糧支援を行おう。オメガの労働者たちも問題なく農作業に従事できているか？　体質のせいで差別の対象となっている地域は？」

「定期巡回させている覆面調査員からは、そういった報告はあがっておりません。領民に配布している発情抑制剤をきちんと服薬し、ベータと同様の生活を送れているようです」

「そうか。万が一薬が体に合わなければ、他の種類を試すように。彼らを孤立させないように気を配り、些細《ささい》なことでも報告できるような環境を作ってくれ」

二人のやりとりを聞きながら、アシュレイは庶民の生活に関係する要望書と、貴族からの事業支援等の要望書を分けていた。そのうえで、庶民からの書類を優先的にレナードのもとへ運ぶ業務を指示されている。

この数日、レナードと過ごして分かったことがある。それは、彼が庶民の生活向上に力を入れた領地運営をしていることだった。特に、かつて差別されていたオメガが再び苦しい日々を送ることがないよう、手厚い支援を行っている。

(なんというか……不思議な人だ)

幾度となく奇襲を受けたせいで、オメガにうんざりしているとレナードは語った。それはそうだろう。オメガが発情のせいで虐げられることがないよう心を砕いているのに、その発情を武器にして迫られたら嫌にもなるはずだ。

それでもレナードは、弱い立場にいる者を決して見捨てない。公爵としての高貴な姿勢は尊敬に値する……と、アシュレイは素直に感心していた。

アシュレイが渡した資料を確認していたレナードは、とある要望書を目にした途端、動きを止めた。直後に、「アシュレイ、こちらへ」と呼ばれる。

「お呼びでしょうか」

平静を保ったまま机の前に立つと、レナードが咳払いをしてから話を切り出した。

「優先して目を通すべき書類の中に、ターラント伯爵の事業計画書が混じっていた」

分厚い資料を差し戻しながら、レナードは淡々とした口調で指摘する。その声音に、初夜のあとに垣間見《かいまみ》せた苛立ちは確認できない。アシュレイが嫁いできた直後と同じ、威厳ある公爵然とした態度で接してくる。

「馬車道の新規開通について出資をしていただきたい、という内容ですよね？　開通業務に地元住民を雇用するため、庶民の収入増額に繋がる。その事業に従事してもらう場合、彼らの本来の仕事である農作物の生産に少なからず影響が出るため、極力早くお返事をいただきたい……と書かれていたため、優先書類としてお渡ししたのですが、誤りがございましたでしょうか？」

紙の束とレナードの顔を交互に見て、アシュレイもまた落ち着いた調子で尋ねる。

レナードは首の後ろを掻きながら嘆息すると、机に肘をつき顔の前で手を組んだ。

「ターラント伯爵がこの事業計画書を送ってくるのは、もう六回目だ。事業内容に大きな問題があることを、何度も手紙で説明し断りの返事をしているが、少しずつ計画書を修正しながらしつこく出資の依頼を寄越してくる」

彼が言うには、馬車道を開通させる予定の森には、地元住民が「森を加護する神が宿っている」と信じる泉があるらしい。そういった場所が信仰の対象になるのは、病が蔓延《まんえん》して多くの動物が命を落としたり、植物が弱り果てるほど土が汚れたりすることで泉が濁る様子を、まるで「神の報《しら》せのようだ」と感じられるからだ。

地下水が湧き出る泉は、森の異変が如実《にょじつ》に表れる。反対に、なんらかの要因で水の逆流が起こった場合、汚染された泉の水が森全体に広がる可能性があった。そうなってしまうと、木々が弱って実をつけなくなり、飢《う》えを覚えた動物は、種類によっては通りかかった人間を襲う可能性が出てくる。

そこまで説明されたところで、なぜレナードがターラント伯爵の依頼を断り続けているのか、アシュレイは察した。顎に指を添え、「なるほど」と頷く。

「泉が濁ったせいでそういった被害が出れば、神の怒りに触れたと考えた地元住民が、元凶となった馬車道の開通に関わった労働者を強く批難するはず……。だからこの計画には賛同できない、ということですね。地元住民に余計な軋轢《あつれき》を生む可能性を孕《はら》んでいるので」

すらすらと答えるアシュレイに、レナードが驚いた様子で目を瞠る。戸惑った様子を見せつつ「察しがいいな」と褒めてくるので、アシュレイもまた「恐縮です」と軽く頭を下げた。

ウォルトが成人する前、アシュレイは薬師の業務と並行し、父の仕事を手伝っていた時期がある。その際、父が子爵家などから事業の出資を持ちかけられる姿を幾度か目にしていた。中にはターラント伯爵のように、表面的な修正しかしていない案を繰り返し持ち込む者もいて、父が頭を抱えていたのを覚えている。

（一度会って話がしたいと手紙に書いているし、いっそのこと、面と向かって断ったほうがターラント伯爵も納得するような気がするけど……）

父のもとで得た経験を思い出し、アシュレイは口を開きかけた。けれどすぐに、いや、と言葉を呑み込む。

文官の前では平然と振る舞っているが、オメガだと偽ったことが原因で、レナードのアシュレイに対する印象は最悪だ。信頼関係を築けていない状態で下手に仕事に口出しをすれば、余計に波風が立つだろう。当面は、指示された業務を完璧にこなすことにのみ徹したほうがいい。

しかしアシュレイのその様子にレナードは感じるものがあったらしい。不愉快そうに眉を寄せると、唐突に椅子から腰を上げる。

「ついてこい」

冷淡な口調で言い放ち、レナードは足早に執務室をあとにした。顔を上げた文官が困惑した様子を見せる。そのことに焦ったのはアシュレイだ。

(文官の前では、夫婦として自然な距離で接しようと言っていたのはレナード様なのに)

住み込みで働く従者たちには、アシュレイがオメガ変転を目指すベータであることを伝えている。しかし文官は子爵家から通いで来ている貴族だ。アシュレイたちがまだ番ではないという事実が、他の貴族に決して漏れぬよう、アシュレイはうなじに歯型を描いてから執務室を訪れている。

アシュレイは曖昧な微笑《ほほえ》みを浮かべて取り繕い、文官にぺこりと頭を下げてから扉に向かった。廊《ろう》下《か》でレナードと合流すると、彼は無言のまま別室へ移動する。

「お前は一体なにを考えている?」

扉を閉めるや否や、レナードは苛立ちも露わにアシュレイに詰め寄った。

「え?」

「気になることでもあるような素振りを見せながら、口を噤《つぐ》んでばかりで決して語らない。またなにか企んでいるのかと疑うのも当然だろう」

鋭い眼光を向けられアシュレイはたじろぐ。ターラント伯爵の件で、声に出しかけたことに気づかれたらしい。「企み」などと大袈裟な……と思ったが、彼に猜疑《さいぎ》心を抱かせてしまったのは、自分が原因なのだから仕方ない。

レナードに手のひらを向けて制止し、アシュレイは慌ててかぶりを振った。

「企みなどございません。お話しするほどのことではない、と考えただけです」

「話す意味があるかどうかは俺が判断する。いいから言ってみろ」

強い口調で迫られ、アシュレイは思わず後ずさった。言い訳などするなと、無言で語っている。だからといって、頭に浮かんだ意見をありのまま伝える……というのも無理な話だった。どんな言動がレナードの逆鱗《げきりん》に触れるのか、アシュレイはまだ分からないのだから。

まごつくアシュレイの頭に浮かんだのは、弟たちの顔だ。頭の回転が速く、柔軟な思考を持つウォルト。美しい容姿を持ち、薬師として健気《けなげ》に務めるエメリー。二人とも、人を惹《ひ》きつける魅力を持つ自慢の弟だ。

(これ以上は失敗できない。……家族に迷惑をかけたくない)

結局、アシュレイは迷いを捨てることができなかった。己の体を抱くように右手で左腕に触れ、そっと視線を外す。話すつもりはない、という意思の表れだ。

その反応に、視界の端でレナードが顔を歪《ゆが》めるのが分かった。怒りも露わに舌打ちすると、「ああ、そうか」と身を翻す。

「俺との関係を少しでも改善しよう、という意思は微塵《みじん》もないんだな。だったらもういい」

吐き捨てるように告げ、レナードは部屋をあとにした。バタンッと大きな音を立てて扉が閉まり、アシュレイの肩が跳ねる。速くなった鼓動を抑えるように胸に手を当てると、アシュレイは長い溜め息をついた。

「失敗できないって思ったはずなのに、またやらかしちゃったかな……」

ぽつりと独り言を漏らし、アシュレイは「うーん」と眉を下げる。レナードについては知らないことのほうが多く、正直に話すことが正解だったとは言い切れない。……けれど。

（あの言い方を考えると……レナード様には少なからず、僕との関係を改善する意思があったってことだよな）

だとしたら、歩み寄ろうとした彼の気持ちを無下にしてしまったことになる。そのことを申し訳なく思うのと、互いの考えがまるで嚙み合っていないもどかしさに、アシュレイは人知れず天を仰いだ。

しつこい相手ならなおのこと、きちんと面談の時間を作り直接断ったほうがよいのではないか。

……というアシュレイの考えは、思いがけない形で実現することになる。

「本日はこれにて失礼いたします」

「ああ。次は三日後によろしく頼む」

玄関先で文官を見送るレナードの様子を、アシュレイは斜め後ろから眺めていた。玄関扉の先に広がる空は橙から紺へと色合いを変えつつあるが、一日の執務を終えたあともほっと息をつくことはできない。むしろこれからが本番とも言える。

（今夜から始まるんだよな。一週間に一度の頻度で、レナード様と閨をともにする生活が）

大失敗に終わった初夜のあと、同じ寝台に身を横たえたレナードが、天井を見つめながら言ったのだ。『数日の間に、初回の予定を立てて知らせる』と。まるで業務連絡のようだな……と他人事《ひとごと》のように思っていたのが今となっては懐かしい。

ターラント伯爵の件で、レナードの心証を悪化させてしまったばかりのアシュレイは、「本当にうまくやれるのかな」と不安な思いを抱えていた。

「夕食の時間になれば侍女が呼びにいくはずだ。それまでは自由に過ごしていい」

玄関扉が閉まると、レナードは淡々とした口調で告げて身を翻す。

話しかけられる内容は連絡事項のみで、決して視線を合わせない。冷ややかな空気を察し、周囲に控えていた従者たちは戸惑いを隠せずにいる。アシュレイもまた、この険悪な雰囲気をどうすれば晴らせるのか……と頭を悩ませた。

重たい沈黙を破ったのは、玄関扉に取りつけられた叩き金の音だった。レナードが「入れ」と促すと、門番の男性が顔を覗かせる。

「正門前の衛兵から連絡があり、ターラント伯爵がお見えになっているとのことです」

「ターラント伯爵が？」

予定にない来訪なのだろう。レナードが訝しげに眉を上げる。

「お送りしている事業計画書の件で、公爵閣下に直接ご相談されたいそうです。いかがなさいますか?」

その言葉にレナードは分かりやすく閉口した。目眩《めまい》を堪えるように額に手を当て、ぐったりと肩を落としている。アシュレイもまた伯爵のしつこさに啞然《あぜん》とした。ターラント領からは馬車で三日ほどかかる距離なのに、今日届いたばかりの六通目の手紙の返事すら待たずに突撃してくるなんて。

「……仕方ない、中へお通ししろ」

レナードは長い溜め息を吐いたのち、げんなりした顔で門番に告げた。侍女に茶の支度をするよう指示をする。予期せぬ客への対応で、屋敷の中がにわかに慌ただしくなり始めた。

「あの……僕はどうしましょう? レナード様とともにターラント伯爵をお出迎えし、ご挨拶をしてもよろしいのでしょうか?」

グランヴィル家でどのように振る舞うべきか、いまだ分からずにいるアシュレイはおずおずと尋ねた。文官にはレナードから紹介してもらえたが、これからやって来るのは、彼があまり好ましく思っていない相手だ。姿を隠していたほうが得策という可能性もある。

ガシガシと荒い手つきで後頭部を搔いたレナードは、疲れが滲む顔で「ああ」と頷いた。

「玄関で俺とともに挨拶したあとは、食堂へ移動して先に夕食を……」

そこまで口にしたところで、レナードははたと動きを止めた。なにかを思いついた様子で顎に手を添え、しばし思案する。

「いや。せっかくだから応接間で紹介しよう。もう少しうなじが見えやすい服装に着替えてくれるか？　社交界によく顔を出すターラント伯爵は話好きで有名だからな、存分に役に立ってもらおう」

なるほど、レナードに番ができたという噂を広めてもらう算段らしい。

言われたとおり一度自室へ戻ったアシュレイは、偽の噛み跡が消えていないかを確認したうえで、襟の高さがない上衣に着替えた。それから改めて応接間へ向かう。

先にレナードが結婚の報告をしていたようで、室内から中年男性の上機嫌な声が漏れ聞こえた。

「数々の縁談をお断りされてきた公爵閣下が、とうとう身を固められたとは！　きっと心を動かされずにいられない、素晴らしいお方なのでしょう。お目にかかれるのが楽しみでなりません」

過剰に期待されていることを知ってしまい、アシュレイは思わず怯みそうになる。それでも胸に手を当て、「平常心、平常心……」と己に言い聞かせると、意を決して扉を叩いた。レナードの返事を聞いてから、応接間に足を踏み入れる。

向かい合うように設置された長椅子には、それぞれレナードとターラント伯爵が座っていた。赤茶の髭《ひげ》を蓄えたターラント伯爵は四十絡みの男で、部屋の隅には初めて見る顔の青年が立っている。恐らく、ターラント伯爵が連れてきた従者だろう。

すぐさま腰を上げたターラント伯爵だが、アシュレイが近づくにつれ、どんどん笑顔がぎこちなくなっていく。きっと絶世の美人が現れることを想像していたに違いない。それなのに、オメガの美貌とはほど遠い凡庸な面立ちの男が姿を見せたものだから、困惑せずにいられないのだ。

分かりやすい反応をするターラント伯爵に、アシュレイは密かに苦笑しつつレナードの隣に並ぶ。

「紹介しよう。妻のアシュレイだ。王国の北西にある領地を治めている、ファルコナー家から輿入れしてもらった。アシュレイ、こちらはグランヴィル領に隣接するターラント領のご当主、マルコム・ターラント伯爵だ」

「初めてお目にかかります、ターラント伯爵。アシュレイと申します。以後、お見知りおきください」

レナードからそれぞれ紹介を受け、アシュレイは丁寧な所作で礼をした。ターラント伯爵は呆《ほう》けたようにアシュレイを見つめたのち、数秒遅れで慌てて挨拶を返す。レナードに座るよう促され、それぞれ長椅子に腰を下ろした。

アシュレイの出身について、ターラント伯爵はしばし考えを巡らせていたらしい。「ファルコナー家……」と独り言のように口にしたのち、仰天した様子で目を見開く。

「ファルコナー家とは、もしや製薬事業で有名なあのファルコナー家ですか⁉　元しょ……っ」

勢いのまま飛び出しそうになった言葉を、ターラント伯爵は口を手で覆い、すんでのところで呑み込んだ。「元庶民」と言いかけたのだろう。彼の混乱ぶりが手に取るように分かり、アシュレイは居たたまれなくなる。

（高貴な家柄なわけでもなければ、一目惚《ひとめぼ》れせずにいられないほどの美人というわけでもない。どうしてこんな男がレナード様の妻になれたのか、不思議で仕方ないんだろうな）

そんなふうにターラント伯爵の心境を察したのは、アシュレイだけではなかった。隣をちらりとうかがうと、ターラント伯爵を見つめるレナードが、不愉快そうに顔を歪めている。

さすがにまずいと察したのか、ターラント伯爵は慌てて表情を取り繕った。

「……ああ！　もしやグランヴィル領は、今後薬の開発や流通に力を入れるご予定でしたか？」

ファルコナー家が持つ製薬技術が目的なら納得だ、とばかりに、ターラント伯爵がにこやかに問う。確信しているような表情だったが、レナードは間髪を入れず否定した。

「そんな予定は今のところない」

「えっ。だとしたらなぜ、わざわざファルコナー家と縁を結ばれ……」

反射的に問いを重ねたターラント伯爵だが、しまった、とばかりに慌てて口を噤む。けれど台詞の大半を言い切ってしまったあとではもう遅い。

眉間の皺を深くしたレナードは、憤りも露わにターラント伯爵を睨《にら》みつけた。

「私がファルコナー家の者を娶ったら、なにか問題があるというのか？」

その言葉に応接間の空気が凍りつく。ターラント伯爵は笑顔を引き攣《つ》らせて硬直し、「い、いえ……」とぎこちなく首を振った。なんというか、場の雰囲気を読むのが恐ろしく下手な男だ。

（いや……でも、ターラント伯爵の反応のほうが社交界では一般的な気がする）

血筋を重んじる貴族階級において、新興貴族の扱いはこんなものだ。むしろレナードの態度が特殊といっていい。いくら第四王子の薦めがあったからといって、位の低い家柄の者となんの抵抗もなく婚姻を結ぶなんて。

（第二の性を偽ったことではお叱《しか》りを受けたけど、レナード様は一度も、家柄を侮《あなど》るような発言をされたことがなかったな）

そのことに気づくと、重苦しい空気とは対照的に心が軽くなる。アシュレイは、隣に座る男の表情をもう一度確認しようとした。けれどそれより先に、視界の端でなにかがぐらりと揺れる。

床に膝をついてくずおれたのは、ターラント伯爵の従者だった。右手を胸に置き、左腕を立ててなんとか倒れないよう体を支えている。

その姿を認めた途端、アシュレイは弾かれたように椅子から腰を上げていた。すぐさま青年のもとへ駆け寄り、隣に膝をついて顔を覗き込む。

青年は血の気を失い、全速力で走ったあとのように肩を大きく上下させていた。呼吸がひどく乱れ、口許を押さえながら激しく咳《せ》き込んでいる。

「どうされました？　息が苦しいのですか？」

アシュレイはそっと彼の肩に手を添えた。その姿に動転したのはターラント伯爵だ。慌ててアシュレイのもとへやって来て、「奥様！」と焦った様子で声をかけた。レナードは扉を開け、廊下に控えていたグランヴィル家の従者を呼んでいる。

「どうぞお立ちください、奥様！　その者は元々持病があるのです。発作的に胸の苦しさを覚えるようですが、すぐに収まりますのでご心配は無用です」

公爵の妻に、従者の介抱をさせるわけにはいかないと思ったのだろう。青年もヒューヒューと掠《かす》れた呼吸音を漏らしながら、「大丈夫です……」と弱々しい声で告げた。けれどアシュレイは依然として屈《かが》んだまま、青年の背中をさする。

間髪を入れずに、レナードが侍従長や数名の侍女を連れてやって来た。

「呼吸器系の発作ですか？　お薬はお持ちで？」

アシュレイの問いに青年はこくこくと頷き、下衣の衣嚢《いのう》をまさぐった。しかしそれらしい感触がないようで、青年が不安そうな表情を浮かべる。

「スプリミラの匂い袋がない……」

彼がぽつりと漏らした言葉に、アシュレイは聞き覚えがあった。薬師としてファルコナー領の薬局に立っていた際、ごく稀《まれ》にスプリミラの匂い袋を持ち歩く者がいたのだ。

その患者の病名は、確か……――。

「うっ」

懸命に考えを巡らせるアシュレイのそばで、青年が苦しげに呻《うめ》いた。咳が一層激しくなり嘔吐《おうと》してしまう。吐瀉物《としゃぶつ》がアシュレイの下衣を汚し、ターラント伯爵が「ひえっ」と悲鳴をあげた。

「そ、そのような位の低い者のために、お召しものを汚されてまで手を差し伸べる必要など……」

「少し黙っていてください！」

あとちょっとで記憶を掘り起こせそうなのに、口出ししかしないターラント伯爵に苛立ち、アシュ

レイはつい声を張り上げてしまった。すぐそばに立っていたレナードが驚いた様子で目を瞠る。

「衣服が汚れたら洗えばいいだけでしょう。苦しむ者を救うのに、身分など関係ありますか!?」

ターラント伯爵をまっすぐ見つめ、アシュレイは啖呵《たんか》を切った。思いがけない剣幕だったのだろう。すっかり気圧されたターラント伯爵は、言葉を失い硬直する。

その直後、頭に一つの病名が浮かんだ。

「もしかして季節咳ですか？」

青年に視線を戻して問うと、彼は呼吸を乱しながら「はい」と答えた。寒暖差の激しい時期に出やすいとされる、咳や息苦しさ、喘鳴《ぜんめい》などの発作症状。季節の変わり目に起こりやすいそれを、「季節咳」と呼んだ。原因は、免疫異常などによる気道の炎症とされている。

スプリミラの花を乾燥させて作る匂い袋は、気道の炎症を抑える民間療法だ。

「レナード様。診療所と薬材を取り扱う店では、どちらが近くにありますか？」

アシュレイが顔を向けると、不意をつかれたレナードが戸惑いを見せた。

「薬材店はここからそう離れていないが、診療所は街の中心部にあるため、到着まで少し時間がかかる」

「では、どなたか薬材店へ向かっていただいてもよろしいですか？　エクスディロスの葉とパントロスの根を買ってきてほしいのです」

「エクス……？」

「季節咳の発作治療薬です。すり潰して煮立てれば、その蒸気で気管支を拡《ひろ》げることができます」

迷いなく告げるアシュレイに、レナードや従者たちは啞然とする。けれどすぐにレナードが、薬材店へ向かう者と医師を呼んでくる者に分けて指示を出した。

従者たちが駆けていく中、レナードはアシュレイのそばに片膝をつく。彼のほうに目を向けると、こちらを見ていたレナードと視線がぶつかった。

「他にはなにをすればいい？　すべてアシュレイの指示に従おう」

美しい紫色の双眸に、疑心はなかった。少なくとも今この瞬間、レナードは自分を信じてくれている。そう思うと、アシュレイの胸に熱いものが込み上げた。


青年の体調が回復し、ターラント伯爵とともに帰宅したのは、とっぷりと日が暮れてからだった。

湯浴みを終えたアシュレイは、寝間着姿で寝台の中央に転がり、ぐったりと四肢を伸ばした。ターラント伯爵の来訪と、その従者の発作という不慮の出来事への対処で疲労困憊だ。

うっかり眠らないようにしないと……と必死に睡魔と戦っていると、同じく寝間着姿のレナードがやって来る。アシュレイは慌てて身を起こそうとするが、すぐに「そのままでいい」と制止された。

その声に昼間のような棘《とげ》はない。

寝台までやって来たレナードは、仰向けで転がるアシュレイのすぐそばにあぐらをかいた。

「今日は大変だったな。だが、よくやってくれた」

「……恐縮です」

どう考えても寝転んだまま口にする台詞ではない。しかしレナードの厚意を無下にするのも憚《はばか》られたので、結局そのまま会話を続ける。

「文句のない処置だと、青年を診た医師が褒めていた。確かな経験と知識を持った、手練《てだ》れの薬師が調薬したのだろうと」

「実家では薬学の勉強をしておりました。薬師として薬局にも立っていたので、そのときの経験が活きてよかったです」

「ターラント伯爵も繰り返し感謝の言葉を述べたあと、反省していた。いかに素晴らしい事業かを俺に語ろうとするあまり、従者の体調に配慮せず連れ回してしまったと」

従者の青年を休ませている間、馬車道の開通についても、レナードは改めて「なぜ賛同できないのか」を詳しく説明したそうだ。ターラント伯爵は思いのほかおとなしく耳を傾け、

『ご指摘のとおり、地域住民に対する配慮が足りませんでした。開通経路の選定から再考いたします』

としおらしく答えたという。従者が発作を起こしたことで自責の念に駆られていたのもあるだろうが、基本的には素直な男のようだ。

「ターラント伯爵が突然いらしたときは驚きましたが、結果的によかったのかもしれませんね。事業に出資できない理由も納得していただけましたし、お付きの方の介抱もできましたし」

しょんぼりと肩を落とすターラント伯爵の姿が容易に想像でき、ふふっとアシュレイは笑い声を漏

らす。その姿を、レナードはまじまじと見つめていた。なにかを思案する様子で口を閉ざしたのち、慎重に切り出す。

「アシュレイがベータだと知ったとき、なにもかも嘘だったのかと思った。弟への評価である『オメガの名薬師』の異名を借りて、平然と嫁いでくる厚かましい奴だと」

「申し訳ございません……」

「だが、今日のアシュレイの働きを見て、どうにも奇妙だと思った。グランヴィル領の医師を唸《うな》らせるほどの知識を持つ男が、なんの評価も得ていない一介の薬師だなんてことはあり得るのか？　君以上の実力者が存在するなんて、ファルコナー領はどれほど薬師の水準が高いんだ……と」

レナードの口調は静かだったが、自分の考えに確証を得ているような話しぶりだった。アシュレイが頭の位置をずらしてレナードを見上げると、まっすぐな視線を注がれる。

しばしの沈黙ののち、アシュレイは身を起こした。正座をしてレナードに体の正面を向ける。

「率直に聞く。ファルコナー領で噂されている『オメガの名薬師』とは、本当に弟の異名か？」

核心を突く問いに、アシュレイは唇を結んだ。けれど今度は、嘘の言い訳を並べる気にも、沈黙でやり過ごす気にもなれなかった。

「そうであればいいな、と思っています。……実際はまだ経験不足ですね。よい薬師になれるよう、努力している最中です」

アシュレイの返答に、レナードは「やはりそうだったか……」とうなだれる。けれどすぐに顔を上げ、質問を重ねた。

「これまで薬の調合を行っていたのはアシュレイか？」

「はい。庶民を装って弟の世話係のように振る舞い、そばで助言や調合の補助をしておりました」

「つまり、名薬師と呼ばれるべき実力を持っているのは、アシュレイのほうだったのか？」

「自分への評価として考えると、随分大袈裟な異名で恥ずかしいのですが……そうなりますね」

実家を離れる際には、優秀な薬師に同じ役目を託してきた。エメリーも日々薬師としての経験を積んでいるため、やがて彼自身の実力で「オメガの名薬師」の異名をつかみ取るはずだ。

「なぜそうまでして、自分が得るべき名声を弟に譲ろうとした？」

すっかりしてやられた……とでも言いたげな、脱力した様子でレナードが尋ねてくる。

「凡庸なベータより、儚《はかな》げな美貌を持つオメガのほうが話題性がありますから。……名薬師として注目されれば、ファルコナー家をよく思っていない者から、弟を守りやすくなります」

いくらオメガ差別の意識が薄くなったとはいえ、オメガが華奢な体軀であることは事実だ。発情する体質上、危険な目に遭う可能性は他の性よりも高い。

アシュレイが薬師の勉強を始めたのも、まだ幼かったエメリーが「将来は薬師になりたい」と言い出したのがきっかけだった。薬学を学ぶことで、エメリーなりにファルコナー家の力になろうと考えたのだろう。だからこそアシュレイも、弟を手助けするべく同じ道に進んだのだ。

アシュレイがぽつりと漏らした言葉を、レナードは決して聞き逃さなかった。居住まいを正し、話を聞く体勢を取ってくれるので、つい心がゆるみ胸に秘めていた過去を語ってしまう。

「僕が十歳のとき、事業について相談したいことがあるからと、とある貴族の男性がやって来たんです。出迎えた際はとてもにこやかに応対してくださり、僕たち三兄弟のことも『可愛い坊ちゃんたちだね』と褒めてくれました。だから、帰宅される際も見送りに向かったのですが……」

数時間前に向けられた愛想のよさは消え失せ、貴族は不愉快そうに顔を歪めた。駆け寄っていったアシュレイたちを突き飛ばし、

『庶民上がりの薄汚い血のくせに、高貴な身分の者に触れようとはなにごとだ！　恥を知れ！』

と、唾《つば》を飛ばしながら怒声を浴びせてきたのだ。

あとになって聞いた話だが、どうやら打ち合わせの場で交渉が決裂し、機嫌を損ねていたらしい。

泣きじゃくる弟たちを腕に抱きながら、アシュレイは理不尽な悪意というものの存在を初めて知った。

それから、ファルコナー家が他の貴族から侮られている事実も。

「あの瞬間、僕は決めたんです。ファルコナー家の長男として強くなろうと。領主としての地位も、名薬師の名声も要《い》らない。愛する家族と、支えてくれる領民を守るためなら、僕はいくらでも手を尽くします」

アシュレイの決意を、レナードは真剣な面持ちで聞いていた。黒色の睫毛《まつげ》を揺らしてゆっくりと瞬《まばた》きしたのち、ふっと頬をゆるめる。結婚初日以降初めて目にする、穏やかな表情だった。

「慎ましい振りをして嫁いできたくせに、蓋を開けてみればとんだ策士だな。……だが、そのしたた

かさは嫌いじゃない」

親指と人差し指で鼻先を摘まれ、アシュレイは「ぅわっ」と声を裏返らせた。その間抜けな悲鳴に、レナードが目を細めて笑う。思いがけず人懐こい笑みに、知らず目を奪われた。

「そろそろ始めるか。変転薬は飲んでいるな？」

「あ……は、はいっ。夕飯のあとに」

どぎまぎしている自分に戸惑い、アシュレイは大袈裟な動作で頷いた。前回と同様、レナードは燭台の火を消してから手袋を外す。暗がりの中で押し倒され、寝間着の前留めを外された。

暗がりの中、のしかかってきたレナードの手が、アシュレイの首筋に触れる。閨の中でだけ知る素肌の感触に、アシュレイはピクリと身を跳ねさせた。前回のあれがまた始まるんだ……と思うと、急激に指先が冷えていく。

全身をこわばらせるアシュレイを、レナードは意外そうに見つめていた。力の入り具合を確かめるように、アシュレイの肩や腕をさする。

「もしかして緊張しているのか？」

「し、してるに決まってるじゃないですか」

「初めての閨では、早く挿《い》れてくれなどと大胆な誘い方をしたくせに」

「あれは……その、一日でも早くオメガに変転しなきゃ、と考えていたし……。それに、あ、あんな痛いものだと思わなかったんです！　経験がなかったので！」

初夜で一人空回っていたことを指摘されるのが恥ずかしく、アシュレイは半ば自棄《やけ》になって言い返した。今までの従順さとは打って変わり、噛みつくような物言いをするアシュレイに、レナードがぽかんとする。けれど次の瞬間、我慢ならないとばかりに噴き出した。

「なにを考えているのか分からない奴だと思っていたのに、案外可愛いところもあるじゃないか」

一体どの部分を「可愛い」と思ったのかは分からないが、レナードは肩を震わせておかしそうに笑った。からかわれる恥ずかしさと、初めて目にする表情のせいで、アシュレイは顔を顰めたまま赤面する。

くくっと喉奥から笑い声を漏らしながら、レナードは枕の下に手を差し入れた。いつの間に準備していたのか、そこから液体入りの小瓶が姿を現す。

とろりとした中身を臍《へそ》の下に垂らされ、アシュレイは思わず身を縮こませる。恐らく後孔を解すための潤滑剤であるはずだが、なぜそんな場所を濡らしたのだろう。

目だけを動かしてアシュレイを見たレナードは、ふっと口許をゆるめた。

「他人と体を重ねた経験がなくとも、自慰くらいはするだろう？　こちらの刺激に集中していろ」

まさか、と思った瞬間、大きな手のひらに性器を握り込まれる。潤滑剤のとろみを借り、滑らかに中心を擦られて、アシュレイは大袈裟なほど体を跳ねさせた。

他人の手からもたらされる性感は強烈だった。自分のものよりも大きな手で幹を扱かれ、敏感な雁《かり》首《くび》を親指の腹で撫でられて、ぞくぞくとした快感が下肢から全身へ巡っていく。

初めての感覚に焦りが噴き出し、アシュレイは堪《たま》らずレナードの肩に縋った。

「あっ、ゃ……お、お待ちください……！」

「どうした？　気持ちよくないか？」

アシュレイの耳許に唇を寄せ、レナードが囁《ささや》くように尋ねてきた。

そうじゃない、と否定するべく口を開けると、「あっ」と上擦った声が漏れてしまう。レナードはわずかに距離を取ってその反応をうかがい、にやりと口角を上げた。

知らなかった。閨だと結構意地悪だ、この人。

「ん、あっ……ぼ、僕が、気持ちよくなる必要……ないのに……っ」

目許に手の甲を当てて顔を隠し、アシュレイは息も絶え絶えに言った。互いの目的を果たすため、契約のうえで結ばれた夫婦関係なのだ。レナードが射精するだけの快感を得て、自分の中へ精を放ってくれさえすればいいと、そう思っていたのに。

「あのなあ……」

けれどアシュレイの言葉に、レナードは呆れたような反応を返す。腕をつかまれて顔から剝がされ、こちらを見つめるレナードと視線がぶつかった。

「どちらか一方が満足すればいいものじゃないだろう？　情事ってものは」

レナードは困ったように眉を下げ、微かな笑みをたたえる。彼を見上げながら、アシュレイは「これは情事だったのか」と思った。オメガ変転のための作業じゃなくて。

アシュレイの気がゆるんだわずかな隙を狙い、レナードが潤滑剤をまとわせた指を蕾へ当てた。ぬぷ、と濡れた指が後孔に入り込んでくる。反射的に全身がこわばりそうなるが、すかさず反対の手で性器を扱かれ、異物感は快感ですぐに上塗りされた。

閨事に臨《のぞ》む前、自分でも浴室で後孔を解してきた。しかしレナードの長い指は、六歳という年齢差の分だけ手慣れているように思える動きで、アシュレイが知らなかった場所を暴いていく。

「ぁ、あっ、……ひ、んっ」

丁寧に内壁を拓《ひら》かれ、節くれ立った指で掻かれて、アシュレイは子犬が鳴くような切なげな声をあげた。その間にも中心を刺激する手は動きを速め、高まった体を確実に追い上げていく。

「あっ、だめ、出る……出ます、ぁ、あっ……！」

背中を仰《の》け反《ぞ》らせ、アシュレイは顔の横のシーツに縋りながら快感の波に呑まれた。レナードの手の中にある中心が、白濁した体液を噴き出す。小刻みに震え絶頂を味わっている様を、レナードは無言で見つめていた。

アシュレイの中から指を引き抜いたレナードは、身にまとっていた寝間着を脱ぎ捨てた。アルファ特有の筋肉質な体が露わになり、中心にそびえる雄はすでに半分ほど勃起《ぼっき》していた。

いまだふわふわとした感覚に浸るアシュレイを前に、レナードが自らの性器を扱き始める。挿入できる硬さになっても、レナードはそのまま自慰を続けていた。アシュレイの負担を減らすべく、挿入時間を極力短くしようとしているのだろう。

やがて十分に性感が高まったのか、苦しげに眉を寄せたレナードが再びのしかかってきた。潤滑剤を垂らす後孔に、丸い先端が宛がわれる。

「できるだけ早く終わらせるから、我慢してくれ……っ」

吐息混じりの掠れた声が耳許にかけられ、心臓が早鐘を打つ。「はい」となんとか返事をすると、次の瞬間太く熱い楔《くさび》が突き立てられた。

「……っ！」

肉を掻き分けながら、胎内に入り込んでくる肉杭の存在感に、アシュレイは声も出せないまま口を開閉させた。丁寧に馴らしたため、前回のような痛みはない。けれど指とは比べものにならないほどの質量で貫かれると、どうしても異物感を強く覚えてしまう。

半分ほど埋めたところで、レナードは一度腰を引いてから再度押し込み、アシュレイの内壁に雄を擦りつけ始めた。レナードの体の下で、初めての感覚にアシュレイは翻弄されるしかない。繋がった箇所が刺激され、ジンジンと熱を持つ。

両手の置き場が分からず、胸の上でぎゅっと握っていると、その手をレナードがつかんだ。彼の肩に置くよう促され、おずおずとそこに縋る。手のひらに張りのある筋肉が感じられ、男らしい体軀に思わず息が漏れた。

レナードはそこから何度か腰を打ちつけ、アシュレイの胎内に射精した。熱い体液に中を濡らされるのを感じ、堪らずふるっと身震いする。

結合が解かれても、しばし無言の時間が続いた。額に汗を浮かべ、絶頂の余韻に浸るレナードは、濃密な雄の色香にあふれている。直視していいのか分からないのに、視線が釘付けになってしまって逸らせない。

レナードはどぎまぎするアシュレイに気づくと、見下ろす体勢のまま目を細めた。探るような眼差しだが、同時にどこか愉快そうにも見える。

「これを週に一回の頻度でするんだが……続けられそうか？」

いまだ掠れが残る、艶めいた低い声で問われる。実際に抱かれたことで、すっかり怖じ気づいたとでも思われたのだろうか。ごくりと喉を鳴らしつつ、アシュレイはすぐに表情を引きしめた。

「平気です。まったく問題ありません。僕から言い出した契約なんですから、いくらでも受けて立ちます」

まるで決闘の申し込みに対する返事のような、色気もなにもない物言いだ。それでもレナードは「そうか」と楽しそうに笑っている。新婚初夜、冷淡な眼差しでアシュレイを射貫いた彼と、同一人物だとは思えないほどに。

アシュレイを腕の中に閉じ込めたまま、レナードがふいに静かになる。

「教えてくれ。今日の昼間、執務室で君はなにを言い淀《よど》んだ？」

今さら蒸し返されたことに戸惑ったが、昼間のような迷いや抵抗は覚えなかった。丸裸になり、あられもない姿を見せたことで、彼に対する心の壁が薄くなったのだろう。

「……ターラント伯爵のようになかなか引き下がらない相手こそ、直接お会いしてはっきり断ったほうがいいのでは、と言おうと思いました。事業が成功すれば大きな利益を生むはず、という思い込みの強さのせいで目が濁り、文面を冷静に読み解けていない様子が手紙からうかがえましたので」

素直に打ち明けると、レナードは苦笑を浮かべ、

「そうだな。不毛なやりとりに時間を割くくらいなら、どうせ断るのだからと手紙で済まさず、きちんと顔を合わせて説明するべきだった」

と、納得した様子を見せた。「他にはなにかあるか？」と尋ねられ、アシュレイは少しばかり迷いながらも口を開く。

「文官の方の前では、できるだけ不穏な空気を出さないようにしたほうがよいかと……。新婚なのに早速夫婦喧嘩《げんか》か、と困惑されていました」

アシュレイの指摘に、レナードは痛いところを突かれたとばかりに眉を下げる。けれど憤る様子もなければ、アシュレイに冷淡な視線を向けることもない。

「……猜疑心に囚《とら》われ、つい感情的になりすぎた。次からは気をつける。……すまなかった」

ばつが悪そうに謝罪するレナードは、公爵然とした顔をしているときとも、冷ややかな態度で突き放すときとも印象が異なる。意外と素直で、それから、人間的な温かみのある男だ。

不思議な気持ちでレナードを見つめていると、視線に気づいた彼が目許を和らげた。

「アシュレイの威勢のよさを、俺は悪くないと思っている。だから、思うことがあるなら隠さず打ち

明けてほしい」

その訴えは、なんの抵抗もなくアシュレイの胸にすとんと落ちた。言葉の裏を探ることもなく、彼がそう言うなら、頭に浮かんだ意見はきちんと伝えようと思うことができた。

半日前まで互いを警戒し、本心を見せずにいた。それなのに思いのほか気さくな笑顔に、心を動かされている自分がいる。

（弱い立場の人に迷わず手を差し伸べて、家門によって侮るような態度を取らなくて……。噂で聞いていたよりもずっと、レナード様が素直で情に厚い人だから、僕も彼の言葉を疑わずにいられるんだ）

いまだ湿った空気が残る夜の闇で、アシュレイは、凍りついていた関係が少しずつ溶け始める気配を感じていた。


肩ほどもある支柱には、長く伸びた茎が巻きつけられていた。葉の下には鮮やかなトマトが実り、太陽の光を受け表面を輝かせている。

瑞々《みずみず》しい夏野菜を興味津々に観察しながら、アシュレイは青空の下に広がる畑を歩いていた。遠くには連なる山々も見え、頬を掠める風とともに清々《すがすが》しい気持ちにさせてくれる。

朝早く屋敷を出発し、馬車に揺られること二時間。やって来たのは、中心街から比較的近場にある農村地帯だ。今日はグランヴィル領の視察のため、レナードに同行していた。

（中心街はどこを見ても人で賑わっていたけど、少し移動しただけで領地内でも景色が一変するんだな。さすが王国一の領土を誇るグランヴィル領だ）

周囲を見回しながら歩いていたアシュレイは、次の瞬間、大きな背中にしたたかに顔を打ちつけた。先に進んでいたレナードが、いつの間にか足を止めていたらしい。体格差があるせいで、ぶつかったアシュレイのほうが後ろによろめいた。

「大丈夫か？」

振り返ったレナードが、咄嗟にアシュレイの腰に手を添え体を支える。アシュレイはヒリヒリする鼻先を指で押さえつつ、すぐそばにいる男を見上げた。

「す、すみません。前を見ていなくて……」

「顔をぶつけただろう。怪我《けが》はしていないか？」

「おかしな顔になっていないのなら大丈夫かと思います」

「俺にはいつもと同じように見えるが」

軽口を叩くとすかさず突っ込まれ、アシュレイは思わず噴き出してしまう。口許を手で隠しつつ笑っていると、レナードの背後から、白髪混じりの男性がひょっこりと顔を覗かせた。村の案内役を務めてくれている村長だ。

「領主様が結婚されていたことを存じ上げなかったため、奥様をご紹介いただいた際は大変驚きましたが……仲が睦《むつ》まじいようでなによりでございます」

微笑ましいものを見るように、村長は目尻に皺を寄せて深々と頷く。その反応にレナードとアシュレイは顔を見合わせる。

「あ、ああ。親しくしている」

アシュレイの腰を抱き直し、取り繕うような表情を浮かべた。体を支えてくれたときは自然な動作だったのに、いかにも仲のよい夫婦といった行動を取ると途端にぎこちなくなる。よくこれで、今回の視察に自分を同行させようと思ったな……とアシュレイは密かに苦笑した。

思うことがあるなら、隠さず打ち明けるように。そうレナードに言われてから、アシュレイは自分の中に浮かんだ疑問や、業務の改善案を積極的に伝えるようにした。

アシュレイはまだグランヴィル領のことをよく知らないうえ、出身は領民の少ない小さな田舎町だ。それにもかかわらず、レナードは決してアシュレイを侮ることなく、どんな意見にも真剣に耳を傾けてくれる。むしろ、アシュレイの率直な物言いを面白がっている様子すら見て取れた。

遠慮をしなくていいのだと思うと緊張が解け、業務に関係のない日常会話もどんどん増えていった。先ほどのような冗談めいたやりとりも、ここ一ヵ月で随分と多くなったように思う。

レナードとの関係が改善され始めると、公爵夫人としての仕事に俄然《がぜん》やる気が湧いてくる。

『僕も、グランヴィル領について知見を広げる機会があればいいのですが……』

という言葉は、業務を教わる中で自然と漏れたものだった。それに対し、レナードはなんの迷いもなく『それなら今度の視察に同行するか？』と提案してくれた。結婚したことを広く知らしめるいい機会だろう、と。

とはいえ、嘘が嫌いなレナードは演技も不得手らしく、今のところいかにも仲が睦まじい夫婦といった姿は見せられていないのだが……。ごく自然なやりとりによって、円満な関係だと感じてもらえたのならなによりだ。

アシュレイが安堵《あんど》の息をつく中、村長は懐かしむような口調で語り始める。

「昔はこの村も貧困に喘《あえ》いだ時期がありましたが……先代から現在の領主様の二代にわたり、本当によく気にかけていただいているのです。今では年間を通して安定した暮らしができるようになりまして、お二方にはどれほど感謝してもしきれません」

レナードと彼の父により、グランヴィル領が抱えていた貧富の差の問題が解決に向かった……という噂は本当だったらしい。レナードが領民の暮らしを第一に考えた政策を行っていることは、アシュレイも彼の仕事を手伝う中で感じ取っていた。

確かに「気難しい公爵」と噂されるとおり、貴族が相手だと語気が強くなったり冷ややかな対応をしたりもする。しかしそれは、庶民の生活よりも私腹を肥やすことを優先する者に対してだ。高貴なる者の責務として、領民を守ることに心血を注ぐ貴族には援助を惜しまない。

「領民の暮らしを守るのが領主の役目だろう？　私は己の仕事をしたまでだ。生活が豊かになったのはなによりだが、それほど言葉を尽くして褒めてもらうことではない」

レナードは大袈裟だとばかりに微かな苦笑を見せるが、村長は「いえいえ」と首を横に振って譲らない。二人のやりとりをアシュレイは和やかな気持ちで見守っていた。

(愛想笑いで誤魔化したり、媚びを売ってくる相手になびいたりしないから誤解されがちだけど、本当は情に厚い人なんだよな。そのことを、グランヴィルの領民はきちんと分かっているんだ)

最初はただ、ファルコナー家を守るべくレナードの不興を買わないようにしよう……と、その影響力に怯《おび》えるばかりだった。しかし彼の真面目な人柄に触れるたび、アシュレイはレナードに対し、徐々に尊敬の念を抱くようになっていた。

その後も村長に農村を案内されながら、作物の出来や今後の予定、農作業を行ううえでの懸念などを話し合った。レナードとともに、村長の話に熱心に耳を傾けていたアシュレイだが、ふと視界の端に目を留める。

畑の奥にある倉庫のそばで、数名の子供がなにかを口々に言い合っている。年齢は十歳にも満たないだろう。トマト畑からは距離があるため、会話の内容までは分からないものの、決して穏やかな雰囲気ではないことがうかがえた。

(もしかして喧嘩かな……? 取っ組み合いにならないといいんだけど)

アシュレイはそわそわした心地でレナードに目をやるが、彼は真剣な面持ちで村長と意見を交わしていた。会話を遮《さえぎ》ってまで報告するようなことでもないが、気になるものは気になる。

逡巡《しゅんじゅん》の末、アシュレイは「少し外します」とレナードに小声で報告した。少し離れた場所に待機していた従者に合図を送り、急ぎ足で子供たちのもとへ向かう。

彼らの姿がはっきり見える距離までやって来ると、案の定、そばかすが特徴の男の子と茶髪の男の子が睨み合っていた。怒りのせいか互いに顔を真っ赤にさせていて、今にもつかみかかりそうな勢いだ。そのそばでは、お下げ髪の女の子がおろおろと視線をさまよわせている。

「一体どうしたのかな？」

アシュレイが声をかけると、子供たちはぱっとこちらへ顔を向けた。身なりから平民ではないことに気づいたのだろう。にわかに焦りを見せ、思わずといった様子で後退する。

三人を怖がらせないよう、片膝をついて腰を落としたアシュレイは、女の子の膝に擦り傷があることに気づいた。怪我をした直後のようで、痛々しく血が滲んでいる。よく見ると、膝丈の下衣が土埃《つちぼこり》で汚れていた。

「転んじゃったのかな？　痛かったでしょ」

「こいつが転ばせたんだ！」

アシュレイの言葉に反応し、茶髪の子がそばかすの男の子を指差した。そばかすの子がムッとしたように顔を歪ませる。

「わざとじゃない、足が引っかかっただけだ！」

「わざとじゃなくても転ばせただろ！」

「ごめんってもう言った！」

「もっとちゃんと謝れよ！」

どちらかが声を荒げるともう一方が嚙みつき、話はいつまでも平行線をたどったままだ。お下げ髪の女の子は「もういいよぉ……」と今にも泣きそうになっている。自分の怪我がきっかけとなって二人が喧嘩を始めてしまい、どうしたらいいか分からずにいるのだろう。

眉尻を下げ、困り顔で微笑んだアシュレイは、従者に声をかけ預けていた鞄《かばん》を受け取った。中には念のために持参した、いくつかの薬が入っている。

アシュレイは塗り薬が入った小瓶を指で摘むと、顔の前で小さく揺らしてみせる。

「ちょうどよかった。僕は薬師なんだ。今からこちらのお嬢さんの手当てをしたいんだけど、二人とも手伝ってくれる？」

その言葉に、男の子二人が「えっ」と声をあげた。けれどすぐに力強く頷く。

「なにをすればいいの？」

「まずは傷口の汚れを綺麗《きれい》にしたいから、清潔な桶《おけ》に水を汲《く》んできてくれる？　あと、彼女が座るための椅子代わりになるものがあったらいいかも」

「分かった！」

人差し指を立てながら説明するアシュレイに、男の子たちは声を揃《そろ》えて返事をした。それからひそひそと声を抑え、

「お前んち、桶ある？」

「あるよ。水を汲むやつ。ぼくでも手が届くとこに置いてる」

「じゃあおれは木箱を持ってくる。じいちゃんが外で座るのによく使ってるから」

と確認し合う。その姿はまるで秘密の隠れ家について話しているようで、少し前までいがみ合っていたとはとても思えない。

役割分担が決まると、二人はそれぞれの家に向かって駆けていった。木箱を抱えて先に戻ってきたのは茶髪の子で、女の子の前にさっとそれを置く。次いでやって来たそばかすの子が、たっぷり水を入れた桶を重そうに運ぶ姿を目にすると、すぐに彼のもとへ手伝いに行った。

やがて二人が協力しながら水を運んでくると、アシュレイは「どうもありがとう」と笑みを見せる。

「それじゃあ、すぐに薬を塗ってあげるからね」

女の子を木箱に座らせると、アシュレイは早速手当てを始めた。鞄から木綿の布巾を取り出して水で濡らし、そっと傷口を拭う。それから自分で調合した薬を塗布していく。

「これでもう大丈夫。鎮痛作用がある薬草を練り込んでいるから、痛いのもすぐなくなるよ」

穏やかな調子で語りかけると、女の子も「ありがとうございます」と笑顔を見せた。その様子に男の子たちも安堵の表情を浮かべる。互いに横目で相手をうかがったのち、もじもじしながら口を開く。

「……さっきはごめん」

「うん、おれもごめん……」

一度喧嘩を中断したことで冷静さを取り戻したのだろう。ごく自然に仲直りさせることができ、アシュレイもほっと胸を撫で下ろした。幼い頃、ウォルトとエメリーも度々喧嘩をしていたので、こうしてよく仲裁したものだ。

「喧嘩して頭の中が熱くなっているときこそ、勢いのまましゃべらないで、顔が見えない場所まで一度離れてみて。怒ったまま、思ってもいないようなひどいことを言うのは絶対に駄目。体の傷はいずれ治るけど、心についた傷はずっと残るんだから」

アシュレイが諭すと、二人は反省した面持ちで「うん」と頷いた。

薬を鞄にしまい、従者を連れてレナードのもとへ戻ろうとしたアシュレイは、しかしすぐに足を止めた。いつの間にかレナードが倉庫のそばに立っていたのだ。

壁に背中を預け、ゆったりと腕組みをするレナードは、心なしか表情がやわらかかった。子供たちに気を取られていて気づかなかったが、彼らとのやりとりを見られていたのだろうか。

「お待たせしてすみません。それに、せっかく視察に同行させていただいたのに、最後まで村長の説明を聞けず失礼しました」

アシュレイは慌てて駆け寄り、ぺこりと頭を下げて謝罪する。けれどレナードは「いや」と首を横に振った。壁から身を離し、目許をわずかに綻ばせると、淡い笑みを浮かべる。

その微笑みに見入っているうちに、大きな手が伸びてきてアシュレイの頭にぽんと乗った。

「諍《いさか》いの気配に敏感なのも、それを鎮める能力も、領地を統《す》べる者に必要な資質だ。……よくやった」

そう言ってレナードは、アシュレイの髪の毛を混ぜるようにくしゃりと撫でた。出会った当初は神秘的な印象だった紫色の目に、いまは温かな慈愛が宿っている。それに見つめられると、内側からじわりと湧き出るような熱が胸に広がっていく。

レナードに――尊敬できる男に褒めてもらえたことが、素直に嬉しかった。

(どんなに些細なことでも、レナード様はきちんと気に留めてくれる。だからこそ、庶民の心に寄り添った領地管理ができるんだろうな)

やがて彼の手がアシュレイの頭から離れていく。けれど村長の前でぎこちなく腰を抱いたときとは違い、ごく自然に触れてきた手の感触は、長い間そこから離れなかった。


村長の家で昼食をご馳走《ちそう》になったアシュレイたちは、木造の家が建ち並ぶ集落をのんびり歩いていた。予定していた視察はすでに終わっているのだが、村長が「採れたての野菜を準備しますので、ぜひお持ち帰りください」と勧められたので、出発準備が整うまで散策することにしたのだ。

石畳が敷き詰められた中心街とは異なり、村の道は土が剝《む》き出しで、端から可愛らしい野花が顔を覗かせている。集落のそばにある小高い丘には樫《かし》の木があり、農夫たちが日陰で休息を取っていた。その近くには小川があり、涼やかな水音が響いている。

安らいだ気持ちで風景を眺めていると、隣を歩くレナードがこちらを見ていることに気づいた。

「初めての領地視察はどうだった?」

ゆったりとした歩調で進みながら、レナードが穏やかな口調で問う。

「とても面白かったです！　ファルコナー領ではこれほど広大な畑を見る機会がなかったので、圧倒されてしまいました。やはり書物で学ぶのと、実際にその場所を訪れてみるのとでは、得られる知識の量がまるで違いますね」

初めての経験に気分が高揚していて、つい声が弾んでしまう。ファルコナー領にいたときは、主に薬局内で薬師の業務に勤《いそ》しんでいたため、アシュレイは中心街を出ることがほとんどなかった。父とともに領地を視察するのは基本的にウォルトの役目だったのだ。

そのことに不満を抱いたことは一度もない。けれどこうして生活圏の外へ足を踏み出してみると、自分にはまだ見えていないものがたくさんあったのだな……と実感する。

相好を崩すアシュレイに、レナードは無言で視線を寄越した。なにか言いたげな表情に、アシュレイはぱちぱちと目を瞬《またた》かせる。

「どうかされましたか？」

「ああ、いや……」

「なんでも隠さず伝えるように、と言っていたのはレナード様じゃないですか」

アシュレイが問い詰めると、レナードは「それもそうだな」と後頭部を掻いた。いまだ迷う様子を見せつつも慎重に口を開く。

「弟のほうが優秀だから次期領主の座を譲ることにしたのだと……初めて顔を合わせたときに、アシュレイはそう言っただろう？　あのときは『本人が言うならそうなのだろう』と納得したが、今はどうにも腑《ふ》に落ちない気持ちでいる」

「え？」

アシュレイが思わず足を止めると、少し進んだ先でそれに気づいたレナードが体ごと振り返った。まっすぐにアシュレイを見つめたのち、静かに語り始める。

「同じ屋敷で暮らす中で、君が賢い人であることは十分伝わってきた。理解が早く、冷静で、そのうえ肝が据《す》わっている。庶民の生活に興味を持ち、彼らへの理解を深めようとする姿勢も領主になるのなら重要だ。少なくとも、成人前から『自分よりも弟のほうが領主に相応しい』と諦めてしまったのはもったいないように思えるが……その意思をご両親や弟に伝えた際、反対はされなかったのか？」

控えめな調子の問いに、アシュレイはどんなふうに答えるべきか分からなかった。腹の前で手を組み、懸命に考えを巡らせるものの、浮かんだ言葉は泡のように弾けてしまい声にならない。

レナードが言うとおり、最初は確かに反対された。

父には「もう一度じっくり考えてみたらどうだ」と諭されたが、何度確認してもアシュレイの意思が覆らなかったので、根負けして受け入れてくれたのだ。

けれどどれほど家族から反対されても、アシュレイは自分の決断を微塵も疑わなかった。アルファとオメガという、希少な第二の性である弟たちと育つ中で、己がいかに凡庸な人間かを実感していたのだ。

自分が何度も読み返してようやく理解した本を、一読しただけで内容を飲み込めてしまうウォルト。

愛嬌《あいきょう》があり、誰からも慕われる可愛いエメリー。そんな弟たちに対し、アシュレイは……――。

胸の奥底にしまい込んでいた、薄暗い思考が顔を覗かせそうになった瞬間。背後から「あっ、いた！」という高い声が聞こえ、アシュレイは弾かれたように振り返った。

そこにいたのは、午前中に会ったお下げ髪の女の子だった。

「奥さま、もう帰っちゃうんですか？」

女の子は下衣の裾を揺らしながら駆けてきて、アシュレイを見上げた。「奥さま」という大人びた物言いが可愛らしい。村に住む人々から、アシュレイが公爵夫人だと知らされたのだろう。

彼女の出現によってレナードとの会話が終了したことに、アシュレイは内心ほっとした。膝に手を当てて腰を屈め、女の子と目線を合わせる。

「うん。もうちょっとしたらね」

「あのね、今、ニックとトニーがお魚を捕ってるんです。奥さまへのお土産にするんだ、って言って。だからもうちょっと待ってほしくて……あの……」

女の子は身振り手振りを交えながら一生懸命話していたが、やがてもどかしそうに唇を結んだ。アシュレイの右手を両手でぎゅっと握ると、「こっちです！」と言って引っ張る。レナードを振り返ると、彼も一緒についてきた。

彼女に連れられてやって来たのは、樫の木の近くを流れる小川だった。用水路に見間違えるほど浅く小さな川の中に、先ほど喧嘩を仲裁した二人が裸足《はだし》で立っている。クレアと名乗った女の子曰《いわ》く、そばかすの子がニック、茶髪の子がトニーという名前らしい。

彼らのもとへ向かうと、二人は中腰になり、真剣な面持ちで水の中を睨みつけていた。すでに何匹か捕獲しているらしく、水が張られた古びた桶にほっそりとした小魚が泳いでいる。

注意して小川を観察すると、桶にいるのと同じ種類の魚が群れになり、すいすいと進む様子が見て取れた。

「手で捕るんだ?」

小川のほとりに立ち、水の中を覗き込みながらアシュレイは尋ねる。すかさずニックが「しーっ」と口の前で人差し指を立てたので、アシュレイは慌てて口を両手で覆った。

「大きな音を立てると魚が逃げてしまうからな」

と、潜めた声で教えてくれたのはレナードだ。

子供たちは慎重に狙いを定めた末に、勢いよく水中に手を突っ込んだ。両手で包むような形を作り上体をあげたので、うまく捕れたのかと思ったが、残念ながら手の中は空っぽだった。

「駄目だったかー!」

ニックとトニーが悔しげに天を仰ぐ。アシュレイは桶を指差し、「もう何匹も捕まえたからいいんじゃない?」と言うが、二人は不満げに唇を尖らせた。

「あの一番大きいやつを、奥さまにあげようって話してたんだ」

トニーが指差した先には、群れの中でも一際目立つ魚がいた。確かに、他の魚に比べ二回りほど大きい。捕まるわけがないと高をくくっているのか、子供たちの足元を悠々と泳ぎ続けている。

「何回挑戦しても逃げられちゃうんだ。あいつ、泳ぐのがすごくうまいんだよ」

「クレアの手当てと、あと、ぼくたちを仲直りさせてくれたお礼にって思ったんだけど……」

しょんぼりと肩を落とす二人を前に、アシュレイは目許を綻ばせた。魚が捕れたかどうかではなく、自分を喜ばせようとしてくれた気持ちが嬉しい。

アシュレイはもう十分だと言おうとしたが、それより先に思いがけない人物が声をあげた。

「分かった。俺に任せろ」

そう言って上着を脱ぎ始めたのはレナードだ。「え？」とアシュレイたちが戸惑いの声をあげる中、手早く服を畳んで草の上に置き、革靴を脱いで素足になる。白手袋を外し、下衣の裾と上衣の袖を捲ると、レナードは啞然とするアシュレイたちを気にも留めず小川へ足を踏み入れた。

やり方などに一つ教えられていないが、レナードは腰を屈めて水中にゆっくりと手を差し入れ、しばしそのまま動きを止めた。狙いを定めた魚が近づいてくるのを、身動ぎ一つせずじっと待つ。アシュレイと三人の子供たちも、固唾《かたず》を呑んでその様子を見守った。

やがて手のそばに魚がやって来た瞬間、レナードはすばやく両手を閉じた。飛沫《しぶき》をあげながら腕を上げ、上体を起こす。

「捕った!?　捕った!?」

レナードが小川から上がると同時に、ニックとトニーもその両隣に立った。すました顔で彼らを交互に見たレナードは、桶の上でそっと手を開く。

桶の中へ勢いよく飛び込んだのは、子供たちが狙っていた、群れの中で一番大きな魚だった。

「わーっ！　やった！　すごい！」

鱗《うろこ》を輝かせながら泳ぐ魚を見て、子供たちが歓声をあげた。ニックとトニーは足を濡らしたまま、レナードの周囲をぴょんぴょん飛び跳ねており、クレアも嬉しそうに拍手をしていた。

歓喜の輪の中で、アシュレイだけが目を白黒させている。

「魚捕りも領主としての資質に含まれるのですか……？」

レナードを凝視したまま、アシュレイは呆然《ぼうぜん》と問う。途端にレナードが噴き出した。

「そんなわけあるか」

口許を手で覆い、おかしくて堪らないといった様子で肩を震わせる。その姿を見つめていたアシュレイは、とあることに気づきギクリとした。

普段は白手袋で覆われている両手が、今は太陽のもとに晒されている。薄暗い中で手袋を外すことはあっても、日中に外している姿は見るのは初めてだった。

傷跡が多いから……という理由で隠されていた、レナードの両手。そこには破線のような独特な跡がいくつも残っていた。怪我自体はすでに治っているらしく、傷の部分だけ皮膚が白くなっている。

（あれってもしかして……、……歯形？）

一体誰に噛まれたのだろうか。言葉を失うアシュレイに、レナードが不思議そうな表情を浮かべた。

けれどすぐに、アシュレイがなにを見ているのかを察したらしい。

眉尻を下げ、苦笑を漏らしたレナードは、上着の上に載せていた白手袋を手に取った。子供たちが魚に気を取られているうちに、手袋を装着し素肌を隠してしまう。

アシュレイとレナードの間にぎこちない空気が漂うが、丘の上から姿を見せた人物がすぐに沈黙を破ってくれた。

丈の長い女性用の衣服を身にまとい、小走りでこちらへ向かってきたのは年若い女性だった。随分と美しい人で、遠くからでも自然と目を惹きつけられる。年齢は十代後半といったところか。

「領主様、出発準備が整ったと村長が……あれ？　トニーたちも一緒だったの？」

息を弾ませながら近づいてきた彼女は、トニーを見てきょとんとする。彼女の細い首を見て、アシュレイはその美貌に納得した。襟元からオメガ用の首輪が覗いていたのだ。

オメガの女性は、レナードのそばで足を止めようとした。しかし小川から上がった子供たちが駆け回ったせいで地面が濡れていて、うっかり足を滑らせてしまう。

「きゃっ」

女性の体が前方に傾く。場所としてはアシュレイとレナードのちょうど中間だ。彼女を受け止めるべく、アシュレイは咄嗟に腕を伸ばした。

思いがけないものを目にしたのはそのときだ。女性と急激に距離が詰まった瞬間、レナードがびくりと肩を跳ねさせ、思わずといった様子で体を後退させた。てっきり彼も腕を伸ばすものだと考えていたので、予想していなかった反応に戸惑う。

あれこれ考える間もなく女性が胸に飛び込んできた。アシュレイは彼女の華奢な体を受け止め……きれず、勢いに押され尻もちをついてしまう。

運悪く背後には小川があり、バシャンッという音とともに水飛沫があがった。

「も……申し訳ございません！」

女性が悲鳴じみた声で謝罪し、慌ててアシュレイから身を離した。彼女の衣服が濡れなかったのが唯一の救いだ。当のアシュレイは、それはもう下着までぐっしょりと水が染みている。

「いえいえ、僕がしっかり立っていられなかっただけなので」

「奥さま、大丈夫か？」

「みんなで引っ張ってあげるよ」

肩を竦めるアシュレイのもとへ子供たちが駆け寄ってきた。彼らの優しさに甘え、三人分の小さな手に引っ張り起こしてもらいながら、アシュレイはちらりとレナードに目を向ける。

騒ぎの輪から一人外れているレナードは、青ざめた顔で立ち尽くしていた。まるで己の失態に打ちのめされているかのように。

村長の家の一室で、アシュレイは濡れた衣服を脱ぎ、村の青年に借りた上衣に袖を通した。下衣はもちろん、上衣や上着まで濡らしてしまったため、上下一式の衣服を拝借することになったのだ。

「公爵夫人に平民の服を着ていただくなど……」と恐縮していたが、ファルコナー領では度々庶民の出で立《いた》ちをしていたため、気に病むようなことではない。むしろ懐かしさすら覚える。

普段は客室として使用している部屋らしく、室内には簡素な寝台と卓が置かれていた。アシュレイが着替える傍らで、レナードは寝台に腰かけている。

「また近いうちに借りた服を返しにこないといけませんね。そのときはお礼も兼ねて、なにか手土産を持ってこなきゃだ」

「………」

「それにしても、小柄な女性一人すらまともに受け止められないとは……己のひ弱さに驚きました。最後の最後に情けない姿を見せちゃったなあ」

沈黙を埋めるようにアシュレイは雑談をするが、レナードは床に視線を落としたまま無言を貫いていた。村長の家へ向かう道中も口数は少なかったが、客室に二人きりになってからは、ほとんど会話が成り立たずにいる。

どうしたものかな……と考えていると、寝台のほうから溜め息が聞こえてきた。精悍な顔を顰め、ガシガシと後頭部を掻いたレナードは、おもむろに腰を上げる。アシュレイのもとへやって来ると、上衣の合わせ目にそっと手を伸ばしてきた。

「情けない姿を晒したのは俺のほうだ。転倒しかけた人を助けなかったばかりか、咄嗟に避《よ》けてしまった。……オメガに飛びつかれると思ったら、反射的に体が拒絶した」

上衣の釦《ボタン》を一つずつ留めながら、レナードが沈んだ表情で漏らした。されるがまま身を任せ、アシュレイは慎重に問う。

「……既成事実を作ろうと画策した貴族によって、オメガの奇襲を受けたことが原因ですか？」

「恐らくそうなのだろう。オメガが近くにいる、と気を張っている間は問題ないが、突然目の前に飛び出されると否応《いやおう》なしに身構えてしまう」

そう言うとレナードは一度まぶたを伏せ、息を深く吸い込んだ。天井を見上げ、胸の中に溜め込んだ澱《おり》を吐き出すように大きな溜め息をつく。

もう一度アシュレイに視線を戻したレナードは、覚悟を決めた様子で語り出した。

「俺が公爵家にやって来たのは七歳になってからだ。それまではグランヴィル領の南東にある田舎町で暮らしていた。身一つで子を育てるオメガの母と二人で……庶民として育った」

「……、……え？」

思いがけない告白にアシュレイは戸惑う。社交界に流れている情報では、レナードの母は臣籍降下した王族の血筋とされていたはずだ。公爵との婚約中に彼との子を宿したものの、病弱だったため公爵家に入るまで時間を要した……という噂は耳にしていたものの。

「庶民の母を貴族階級にするべく、王族の遠縁に当たる貴族に養子として迎え入れてもらったんだ。現在の国王陛下と俺の父は旧《ふる》い友人関係にあったらしく、密かに相談しご助力いただいたと聞いている。……貴族連中は血筋にこだわるから、庶民を妻に迎えたとなれば、母子ともに批難の的になるのは目に見えていたからな」

　そう言って、レナードは己の出自について語り始めた。

　父である先代公爵は、領地の視察を行う中でレナードの母と出会い、恋に落ちた。父がアルファ、母がオメガであったために二人は番になり、一人息子のレナードを授かった。

　公爵は女性を妻として迎え入れることを切望していたものの、実現するまでには長い年月を要したという。公爵の両親――レナードの祖父母に当たる人物は典型的なアルファ優位思想の持ち主で、アルファの令嬢以外との婚姻などは認めてもらえなかったのだ。

「当時、グランヴィル領は地域によって貧富の差が激しく、場所によってはオメガへの差別意識も残っていてな。それが、俺と母が暮らす町だった。母は俺を守るために懸命に働いてくれたものの、得られる賃金はごくわずかで、貧しい生活が続いた」

　身分を隠し幾度となく母子に会いに来ていた公爵は、その状況を嘆いていた。愛する人を救いたい一心で、立場の弱い者を救う政策に力を入れた。庶民の生活水準が上がり、オメガ差別の思想は次第に消え失せ、グランヴィル領は財政的にも豊かな領地へと変わっていった。

　数々の偉業を成し遂げた先代公爵だが、結局レナードの母と結婚できたのは、両親が亡くなったあとだった。しかしようやく妻になったものの、公爵家に入ってから二年ほどで命を落としてしまう。オメガであることを理由にろくな仕事に就けず、貧しい生活を強いられてきた彼女は、医師にかかることもできないまま病に蝕《むしば》まれていたのだ。

「父のことは尊敬している。だが、心のどこかに『もっと早くオメガに手を差し伸べてくれていれば』……という思いも残っているんだ。そうすれば、母も命を落とさずに済んだのではないか、と」

そんな憤りがあるからこそ、レナードは領主としての仕事に邁進《まいしん》した。王国一の領土を誇るグランヴィル領が、身分の違いにかかわらず手を取り合うような領地になれば、いずれは王国全体がよい方向へ変わっていくと信じて。

一連の話を聞き、アシュレイは納得した。なぜレナードが庶民の生活を守ることにこだわるのか。小川に入って小魚を捕るような、庶民の子供の遊びに慣れていたのか。

それとともに、ごく一部の人間しか知らないはずの、レナードの出自を打ち明けられたことに胸が熱くなる。

(下手な相手に知られれば、公爵家の弱みとして利用されかねない情報だ。それを教えてくれたってことは、少なくとも僕はその事実を他言しないはずだ……と、そう考えたってことだよな)

一ヵ月前に嫁いできたときは、アシュレイがついた嘘のせいでレナードからの信頼を失った。だがたとえ円満な夫婦関係が築けなくとも、彼の番になることで償えればそれでいいと考えていた。

けれどともに過ごす時間の中で、アシュレイの中でのレナードは、「気難しいと噂される公爵」から「尊敬できる領主」に変化していた。だからこそ、レナードから見た自分の印象が好転したことに胸を打たれる。彼からの信頼を得ることに、これほど喜びを感じるようになるとは思わなかった。

アシュレイは目線だけを上に向けてちらりとレナードを見る。

「人前では威厳ある公爵といった顔をしているのに、時々言葉遣いが乱れるのは、もしかして庶民だった時の名残ですか？」

「そうだな。結婚初日の夜に感情的になってしまったせいか、アシュレイに対しては特に、公爵の仮面を被《かぶ》ることが難しい」

いかにも困っているといった様子で苦笑し、レナードは肩を竦めてみせた。けれどアシュレイとしてはむしろ嬉しかった。真面目で情に厚く、少し意地悪な一面はあるものの頼りがいがある本来のレナードを、アシュレイは人間として好ましく思っている。

釦をすべて留めてしまうと、レナードはアシュレイが着ている上衣の裾を指で弄《もてあそ》びながらしばし沈黙した。印象深い目許に翳《かげ》りが差す。

「あの頃から変わらず、オメガを守りたいと思っている。一方で、オメガを見ると無意識に警戒してしまう。……誘惑香によって理性を奪われ、訳が分からないままオメガを襲ってしまうのではないかと」

沈痛《ちんつう》な面持ちで語るレナードを前に、アシュレイはぎゅっと胸が絞られるような心地になった。オメガを庇護《ひご》したい気持ちと、オメガに対する恐怖心。相反する二つの感情にレナードは苦しんでいる。正義感が強い人だからこそ余計に、そんな自分が許せないのだろう。

ふいに、小川で目にした光景が脳裏に蘇《よみがえ》る。たくさんの歯形が残った、痛々しい彼の両手。

「……レナード様の手に残る傷は、ご自身でつけられたものですか……？」

ざわめく胸に手を当て、アシュレイは恐る恐る尋ねた。間違いであればいいな……と願っていたもののの、レナードは小さく首肯する。

「そうだ。発情したオメガを前に、なんとか理性を保とうとして自分の手を噛んだ。うなじに噛みついて彼らの人生を奪うくらいなら、自傷の痛みで本能を打ち消すほうがよほどいい」

己の感情を殺すような静かな声音。それは、怒声を浴びせられるよりずっとアシュレイを痛めつけた。オメガのために行動を起こしてきた人が、オメガによって傷つけられた事実に、ひどく心が乱れる。切なくて、悲しくて、どうしたらいいか分からなくなる。

湧き上がる衝動のまま、アシュレイはレナードに手を伸ばした。背中に腕を回し、正面からぎゅっと抱きしめる。互いの胸が密着し、二人を隔てていた隙間が埋まる。

戸惑うレナードを宥めるように、アシュレイは広い背中を撫でさすった。

「僕はまだベータです。誘惑香を放つこともなければ、レナード様を傷つけることもありません」

切々としたアシュレイの言葉に、腕の中でレナードがわずかに身じろいだ。けれどすぐに動きを止め、静かに息を呑む。まるでアシュレイの言葉を一つも聞き漏らすまいというように。

「いずれはオメガになりますが、発情したらすぐにレナード様の番にしてください。そうしたら僕はずっと、この体を使ってレナード様を守れます」

確固たる決意を胸に、アシュレイは力強く告げる。

今までの自分はファルコナー家を守るために生きてきた。各々の利益のため、契約で結ばれた夫婦ということもあり、グランヴィル家に嫁いでからもその心はずっとファルコナー家にあった。

けれど、誰からも頼られるのに、誰にも頼れずにいるレナードを見ていたら、故郷に置いてきたはずの心が動いた。自分を傷つけてまで他人を守ろうとする、この優しい男を支えたい、と。

（たとえ契約上の夫婦であったとしても、家族愛を生み出すことはできるはずだ）

気高く孤高な公爵が、心を休められる場所に自分がなろうと思った。

アシュレイの突然の行動に固まっていたレナードが、腕の中で力を抜くのが分かった。細く息を吐いたのち、長い腕をゆったりと腰に回しアシュレイを抱き返してくる。

「……ありがとう、アシュレイ」

すぐそばから聞こえてきた声はわずかに掠れていた。衣服越しにほのかな体温が伝わってくる。

オメガ変転のために何度も体を繋げたはずなのに、この瞬間、アシュレイは初めて彼に触れたような気持ちでいた。


着替えを済ませ、村長の家をあとにしたアシュレイとレナードは、トニーたちに別れを告げて馬車へ向かった。予定していた出発時刻より遅くなってしまったが、夕刻までには問題なく屋敷に到着できるだろう。

「子供たち、最後まで『魚も連れていって』と粘っていましたね」

御者が車内を点検する中、アシュレイはレナードの隣に立ち、くすくすと笑い声を漏らした。

「十分鑑賞したから逃がそうと言っても、なかなか納得してくれなくて大変だった……。それだけアシュレイに懐いていたということだろうが」

「レナード様にも尊敬の眼差しを向けていたじゃないですか。魚捕りの名人として」

「そこは『領主として』であってほしかったが、まだまだ力及ばずだな」

腕組みをして唸るレナードに、アシュレイは声を出して笑った。彼の本音に触れたことで、以前よりもずっと心の距離が近づいた気がする。

小川での出来事を思い出したアシュレイは、「そういえば」とレナードに顔を向ける。

「オメガの女性が身につけていた首輪があったじゃないですか。あれ、少し古い型なんですよ。予算を当てられそうであれば、次回の発情抑制剤の配布時期に合わせ、最新のものに交換したほうがいいかもしれません」

その言葉に、レナードが興味深げに眉を上げた。

「古い型の首輪を使い続けると問題があるということか？」

「長年使っていれば当然劣化します。最新型の首輪は寿命が長いうえに、硬度も以前より増していますから、オメガもより安心できるかと。ほら、僕が結婚初日に身につけていたあの首輪が最新型です」

レナードも目にしていただろう、という確信のもと、アシュレイは己のうなじを指差しながら説明した。しかしレナードは顎に指を添え、不思議そうに首を傾げる。

「結婚初日に……？　初めて顔を合わせたときにか？」

「ええ。襟元からオメガ用の首輪が見えたから、僕がオメガだと疑わなかったんでしょう？」

「『番になる前提で』と手紙に書いたから、当然オメガが嫁いでくるものだと思ったんだ。アシュレイが首輪をしていたことには気づいていなかった」

思いがけない返答に、今度はアシュレイが混乱した。ベータである自分の容姿はごく平凡だ。両親が華やかな外見なので、ベータの中ではまあまあだと思うが、アルファとオメガで構成された家族に混じると一瞬で霞《かす》む程度の造形だった。

オメガへの変転が進めば多少筋肉は落ちるものの、顔の作りや骨格などは持って生まれたものと変わらない。

「だ、だって、どう見てもオメガの麗しさとはほど遠いじゃないですか。首輪が目に入っていなかったのなら、ベータだってすぐに分かりそうなものですよ？」

なぜ己の凡庸さを熱く語っているのか分からないが、アシュレイは懸命に説明した。おしゃべりに興じているうちに点検が終わったらしく、馬車の横に立った御者が「どうぞ」と扉を押し広げる。

けれどレナードはすぐに馬車に乗り込まず、腕を組んだままアシュレイを凝視した。片眉を上げ、「あのなあ……」と呆れたような顔をする。

「アシュレイはどうにも第二の性にこだわりすぎるところがあるが、そもそも美醜感覚なんてものは人によって差が激しいだろう。好みによっても加点されたり減点されたりするし、オメガだから美しいとか、ベータだから美しくないなどといった見方はしていない」

そう言って、レナードはアシュレイの鼻先をきゅっと摘んだ。「ひぇっ」と間抜けな声を出すアシュレイを見て、おかしそうに相好を崩す。悪戯《いたずら》な指はすぐに離れていったので、アシュレイはすかさずそこを手で押さえた。ぶつけたり摘まれたり、今日は鼻が忙しい。

「それに……」

と、レナードはなにかを言いかけたものの迷いを見せた。気まずそうに目を逸らし、眉間に皺を寄せる。しかし不機嫌そうな表情とは裏腹に、その頬はわずかに赤らんでいた。

「初めて会ったときから、俺はアシュレイのことを……か、可愛いと思っている」

気恥ずかしさと懸命に戦っているのを隠すかのように、レナードは素っ気なく言い捨てた。

「へっ？」

告げられた言葉がすぐには理解できず、アシュレイはまたもや間抜けな反応をしてしまう。レナードは乱雑な手つきで頭を掻くと、アシュレイに背中を向け先に馬車に乗り込んだ。

目を丸くしたまま立ち尽くすアシュレイに、レナードが中から手を差し出した。

「ほら、早く帰るぞ」

馬車に乗り込んでからすぐに外したのだろうか。こちらに伸ばされた手は、手袋を装着していなかった。閨では幾度も触れられているのに、剝き出しのレナードの手になぜかドキッとしてしまう。

「は、はい」

落ち着かない心地になりながら、アシュレイは彼の手を取った。レナードの手は自分のものよりも皮膚が固く、乾いている。けれど重ね合わせると不思議とアシュレイによく馴染《なじ》んだ。

この日彼と手を繋いだ感触を、自分はずっと覚えているだろう。胸がとくとくと音を立てるのを感じながら、アシュレイはそんなことを考えていた。


チチッ、と小鳥の囀《さえず》りがすぐ近くから聞こえる。恐らく窓辺に留まっているのだろう。

爽やかな朝日が差し込む中、アシュレイは目を覚ました。普段であれば窓帷《カーテン》が閉まっていることが多いが、今日はすでに開けられているらしく、明るく白い壁が寝起きの目にまぶしい。

アシュレイは裸に布団がかかっただけの格好で、寝台の上で身じろぐ。すると、すぐそばに人の気配を感じた。顔を上げると、レナードが背もたれに上体を預け、隣で本を読んでいた。彼もまた裸で、下半身にのみ布団をかけている。

アシュレイが目覚めたことに気づくと、レナードはふっと表情をゆるめた。本を閉じて布団の上に置き、アシュレイの頭へ手を伸ばす。

「おはよう。昨日はよく眠れたようだな」

レナードは目にかかった前髪を指先で払いながら、アシュレイの髪を梳《す》くように撫でた。裸なんてもう何度も晒したはずなのに、気恥ずかしさが込み上げてきて、アシュレイは肩まで布団を引き上げ身を隠す。

「もしかして、寝坊してしまいましたか？」

「いや、普段より少し遅い程度だ。昨夜の疲れが残っているならもっとゆっくりしていてもいい」

「……えっと……」

閨の話題に触れられ、アシュレイは思わず視線を泳がせる。オメガ変転のための性交について、以前の自分はもっと平然とした態度で話していたはずだ。レナードの番になるうえで必要な行為なのだからと。それなのに、なぜ今になって居たたまれない気持ちになるのだろう。

（でも、変わったのは僕だけじゃない）

昨夜の行為を思い出し、アシュレイは頬に熱を上らせる。

最初はただ、胎内へ精を吐き出してもらうため、必要最低限の挿入だけ行っていた。手淫を施されることはあるものの、それはあくまでアシュレイの緊張を解くための作業に過ぎなかった。

けれど視察から帰ってきて以来、レナードとの閨事が変化しつつある。

愛撫が以前よりも丁寧になり、挿入時間も徐々に長くなってきた。彼の手で性感を与えられ、あられもない声をあげることが、アシュレイは恥ずかしくて仕方なかった。さっさと終わらせたくて「早く挿れてください」と請うのだが、レナードはまるでアシュレイの反応を楽しむように愛撫の手を止めないのだ。

ぐるぐる考えているうちに顔全体が熱くなってきて、アシュレイは勢いよく布団を引っ張り、頭の天辺まで隠れてしまった。レナードはおかしそうに笑いながら、幼子をあやすように布団の上からぽんぽんと叩いてくる。

じゃれ合いのようなやりとりをする中、レナードが「そういえば」と口を開いた。

「俺たちが夫婦になってから一ヵ月半が経《た》つが、オメガ変転はきっかり三ヵ月で完了するものなのか？」

「きっかり……ではないです。早ければ二ヵ月半、遅ければ三ヵ月半と、個人差はありますね」

もぞもぞと動いて布団から頭を出し、アシュレイは答える。

「発情抑制剤は、オメガ変転が完了してからじゃないと飲めないんだよな？　だとしたら、オメガ変転薬を服薬し始めてから二ヵ月半を過ぎる頃には、下手に外出できなくなるのか？」

「そうなりますね。通常のオメガの発情と同様、数日前から体の火照りや倦怠感《けんたい》などの兆候はありますが、初めての発情は基本的にいつ来るか分かりません」

その返答にレナードは斜め上に視線をやり、なにやら思案する様子を見せた。早くオメガ変転を完了させたいのだろうか……と考えていたが、再びこちらを見たレナードは思いがけない提案をする。

「それなら、あと一ヵ月の間にできるだけアシュレイの好きなことをしよう。どこか行きたいところはあるか？　欲しいものでもいいぞ」

まるで心弾む計画でも立てるかのように、レナードは前のめりになって告げた。執務中に見せる、どっしりと構えた公爵の姿とはほど遠い印象で、アシュレイはふふっと笑ってしまう。

「視察の予定があるのなら、できるだけ同行して勉強したいとは思っています」

「それはあくまで業務だろう」

「あっ、賓客室用の蠟燭《ろうそく》が欲しいです。もうすぐ在庫が切れそうなので」

「それはただの備品だ。公爵夫人としてではなく、アシュレイが個人的に行きたいところや欲しいものを尋ねているんだが？」

レナードは呆れたように眉尻を下げ、寝台に片手をついてアシュレイを見やる。レナードの言わんとすることは分かっていたつもりだが、なにも要望が思いつかないのだから仕方ない。

成人する前から、どうやったら家族や領民の役に立てるのか、ということばかり考えて生きてきた。一日の業務を終えても、空いた時間を埋めるように薬学や領地経営の勉強に耽《ふけ》っていたため、好きなものや趣味と呼べるようなものもないのだ。

頭を悩ませるアシュレイに、レナードは再び考える素振りを見せた。ちらりとアシュレイを見てから、思い立った様子でわずかに口角を上げる。

「特に希望がないのなら、付き合ってほしいところがあるのだが、構わないか？」

なにか目論んでいることを感じさせる、どことなく楽しげな声音。

アシュレイは目を瞬かせつつ、「はい、もちろん」と答えた。


初めて足を踏み入れた王城の広間は、息を吞むほど華やかだった。

繊細な紋様が織られた絨毯や、壁に飾られた大きな絵画、細やかな彫刻が施された調度品など、どれもこれも贅《ぜい》を尽くした逸品であることがうかがえる。天井から下がる豪奢な照明器具は、硝子《ガラス》の装飾が光を反射しキラキラと輝いていた。

そこに集う貴族も負けず劣らずの華やかさで、アシュレイは早々に逃げ出したくなった。衣装はもちろんのこと、貴族は庶民に比べてアルファの比率が高いため、どこを見ても美男美女しかいない。

きゅっと唇を結び、入口付近で硬直するアシュレイを見て、隣に立つレナードが細かく肩を震わせていた。

「……笑わないでください……」

「すまない。いまだかつてないほど緊張しているから、つい」

「緊張するでしょ、こんなの。自分が場違いすぎて今すぐ消え去りたいです」

「場違いなんてことはないだろう。新しく仕立てた衣装もよく似合っている」

レナードが頭の天辺から爪先までをじっくり見るので、アシュレイはぷいとそっぽを向いた。赤くなった顔を隠すためだが、耳まで熱を持っているので、照れていることは気取《けど》られてしまっただろう。

淡い緑色を基調とした上着と七分丈の下衣は、品のいい光沢がある。上衣の襟元と袖にはたっぷりとした縁飾りがあしらわれており、蝶《ちょう》の形に結んだ襟締《えりじめ》にはアメジストの装身具が取りつけられていた。言うまでもなく、夫であるレナードの目の色に合わせた宝石だ。

レナードが「付き合ってほしい」と言ったのは、第四王子が主催する夜会だった。

『普段はほとんど社交界に顔を出さないが、俺たちの縁談を提案してくださったパトリック王子殿下から、ぜひ夫婦で参加してほしいと手紙をいただいたんだ。ごく親しい者のみを招待した気楽な夜会と聞いているし、一度ご挨拶をしておくべきかと思ってな』

そう説明された際、アシュレイは大した抵抗もなく了承した。レナードの妻として、いずれはそういった機会もあるだろうと覚悟していたからだ。しかし、そこから貴族御用達《ごようたし》の仕立屋を呼び、一から衣装を作り上げることまでは予想していなかった。

ファルコナー家では、国王主催の行事や要人の結婚式といった特別な行事でない限り、基本的に既製品を購入していた。小規模な夜会に向け衣装を仕立てるなどあり得ない。見目麗しい弟たちの魅力を引き立てるためなら奮発したかもしれないが、凡庸な自分では衣装に着られてしまうのが関の山だ。

「……お世辞を言ってくださらなくてもいいのに」

アシュレイは子供のように唇を尖らせるが、レナードはその反応すら楽しむようにくすくすと笑い声を漏らした。

「世辞など言わない性格だと、さすがにもう分かっているだろう？　アメジストのブローチもよく馴染んでいる。俺とお揃いだな」

耳許に唇を寄せ、甘さを孕んだ声で囁くので、アシュレイは慌ててレナードから身を離した。耳を手で押さえ、真っ赤な顔でレナードを睨みつける。けれど夜会用の装いをした彼はあまりに魅力的で、喉元まで出かかった文句が途端に引っ込んでしまった。

白の上衣に胴着を重ね、丈の長い濃紺《のうこん》の上着と直線的な作りの下衣を合わせたレナードは、上着の襟元にアシュレイと同じ意匠の装身具をつけていた。中央にはめ込まれた宝石だけが異なり、レナードのものは艶やかなエメラルドが使用されている。アシュレイの目を彷彿《ほうふつ》とさせる色味の。

(元から端整な顔立ちなのに、こんなのずるい)

隣に立っているだけでドキドキしてしまい、アシュレイは困り顔で俯いた。レナードに魅入られているのは自分だけではなく、広間のあちこちから視線が向けられているのを感じる。

レナードに手を引かれ、中央に向かって進んでいくと、すぐさま複数の家門の貴族に囲まれた。

「ご無沙汰しております、グランヴィル公爵閣下。このたびはご結婚おめでとうございます」

男女の他、男性同士や女性同士と、様々な性別の組み合わせの貴族が、にこやかに声をかけてくる。品がよく穏やかな雰囲気の人たちばかりだが、その表情には隠しきれない好奇心が滲んでいた。結婚の話が耳に届いているのであれば、当然、隣に並ぶアシュレイが妻だと分かっているだろう。

(ううう……釣り合いが取れないと思ってるだろうなあ)

美貌の貴族たちに囲まれ、つい卑屈な気持ちが顔を覗かせる。そんなアシュレイを励ますように、レナードがそっと腰に手を添えた。

「ああ、ありがとう。紹介する。妻のアシュレイだ」

「お初にお目にかかります。アシュレイ・グランヴィルと申します」

アシュレイは緊張を胸の奥に押しやり、できる限り丁寧な所作でお辞儀をする。すると、複数の貴族がぱっと目を輝かせ、互いの顔を見合いながら「やはり」と頷いた。

「こちらが噂のご夫人ですのね。お会いできて光栄ですわ」

一体どんなふうに噂されているんだ……と、アシュレイは身構えそうになる。しかし彼女たちから返ってきたのは思いがけない反応だった。

「非常に聡明《そうめい》で、慈愛の心にあふれた奥方だとうかがいました」

「ターラント伯爵のお付きの方が体調を崩された際、迷わず手を差し伸べたのでしょう？」

「ファルコナー家のご子息なので、薬学に長《た》けていらっしゃるのですよね？　医師も舌を巻くほどの知識だと、ターラント伯爵がお話しになっていました」

明るい声音で口々に褒められ、アシュレイは戸惑いを露わにした。華に欠ける容姿や、新興貴族であること。レナードと並ぶには不釣り合いだと思っていた点を嘲笑《あざわら》う者は誰もいない。ターラント伯爵が、想像以上にアシュレイを評価してくれていたことにも驚いた。

（貴族の中にも優しい人たちはいたんだな）

今ここにいるのは第四王子と親しくしている面々だ。貴族としての位が低いファルコナー家では、到底交流を持てなかった人々と言える。そのため、家柄や第二の性ではなく、働きによって評価してくれる貴族が存在することをアシュレイは知らなかった。

レナードはアシュレイに、次々に新しい世界を見せてくれる。

「お、恐れ多いお言葉です……」

頬を赤らめ、もじもじと答えるアシュレイを、彼らは温かな眼差しで見守ってくれた。

しかし一人の男性が、なにかを思い出した様子で不思議そうに首を傾げる。

「ご夫人は、公爵閣下と番の関係でいらっしゃるのですよね？　ファルコナー伯爵のご子息のうち、オメガの方はお父様譲りの金髪と聞いていたのですが……」

鋭い指摘に、アシュレイはギクリと体をこわばらせた。ファルコナー家のオメガについて、まさか詳しく知る者がいるとは思わなかった。

笑顔を保ったまま、必死に弁明の言葉を探すアシュレイに対し、レナードは微塵も動揺した様子を見せなかった。アシュレイの腰に添えた手に力を込め、ぐいっと引き寄せる。

彼にされるがまま、アシュレイはレナードに身を寄せる格好になった。

「アシュレイは元々ベータだったのだ。私がどうしても彼を番にしたくて、変転薬を使いオメガになってもらった」

アシュレイを腕の中に閉じ込めたまま、レナードが悠然と微笑む。腰を抱く力強い手は、まるで妻に対する執着を表すようだ。彼の思いがけない行動に、アシュレイはぽっと頬を燃やす。

(仲睦まじい夫婦だと思わせるためだとしても、ちょっとやりすぎじゃないか？)

農村を訪れた際はぎこちない態度を見せていたのに、いつの間に演技が上達したのだろう。

焦るアシュレイとは対照的に、周囲にいた女性陣は嬉々として話に食いついてくる。

「まあ、素敵ですわ！　公爵閣下が奥様に夢中でしたのね」

「オメガ変転薬の存在は知っておりましたが、実際に使用された方とお話しする機会がないもので、服薬を躊躇《ちゅうちょ》されている家門が多いのです」

「ファルコナー家の事業につきまして、奥様に詳しくお話をうかがってもよろしいでしょうか？」

レナードの妻という立場に留《とど》まらず、実家であるファルコナー家にまで興味を持ってもらえたことにアシュレイは驚く。公爵家からの縁談を受け入れるにあたり、確かにそういった狙いもあったが、これほど順調に話が運ぶとは思わなかった。

いまだアシュレイを腕に抱く男をちらりとうかがう。視線に気づいたレナードは、淡い笑みを浮かべ深く頷いてくれた。彼らとの交流に賛成しているらしい。

「も……もちろんです！」

レナードから身を離したアシュレイは、貴族たちに体の正面を向け、明るい表情で答えた。

他貴族たちと歓談していると、ファルコナー家に興味を持った人々が入れ替わり立ち替わりやって来て、アシュレイの話に耳を傾ける。誰もが穏やかな態度で接してくれるので、最初は緊張していたアシュレイも徐々に会話を楽しむ余裕が出てきた。

「やあ、グランヴィルご夫妻。夜会はお楽しみいただけているかな？」

そんな中、一際気さくに声をかけてくる者がいた。レナードの友人だろうか、と背後を振り返り、アシュレイは仰天する。

誰よりも豪奢な衣装に身を包む彼は、夜会の主催者である第四王子だった。

「パ、パトリック王子殿下……！」

「初めまして、公爵夫人。お会いできるのを楽しみにしていました」

慌てふためくアシュレイを前に、第四王子はにっこりと笑みを見せる。甘い面立ちが特徴の彼は、レナードより一つ年下の二十五歳だ。兄弟の一人として王太子である第一王子を支えつつ、庶民の文化や生活に興味を持って広く研究する、少々変わり者の第四王子として知られている。

「レナードも結婚おめでとう。披露宴の際には盛大な祝いの品を持って駆けつけるつもりでいたんだけど、よほど早く一緒になりたかったみたいだね」

好奇心に満ちた表情でアシュレイを見つめていた第四王子が、楽しげな様子でレナードに声をかけた。すると、それまで隙のない立ち居振る舞いをしていたレナードが、わずかに目許を鋭くする。

「ええ、まあ、どこかの王子殿下のおかげで」

微笑みを貼りつけたまま、レナードはどことなく棘を感じる物言いをした。よりによって王族にそんな態度を取らなくても！　とアシュレイは心の中で悲鳴をあげるが、貴族たちは動じる様子がない。旧知の仲だというレナードと第四王子にとっては、よくあるやりとりなのだろうか。

アシュレイたちを連れ、人気《ひとけ》の少ない窓辺に移動した第四王子は、潜めた声で告げる。

「王太子殿下もレナードにお祝いを言いたいんだって。自分が登場すると気楽な会ではなくなってしまうからと、別室で待っているよ。それ以外に、相談したいこともあるらしい」

相談したいこと……という部分に、なにか思い当たる節があったのだろう。途端にレナードは表情を引きしめ、「分かった」と答えた。その目が流れるようにアシュレイへ向けられる。

「ここで待っていてくれ。今夜の参加者は信用の置ける人たちばかりだから、俺がついていなくても問題は起こらないと思うが、念のためパトリック王子殿下のそばを離れないように」

「え？　あ、は、はいっ」

「奥様のことは私が責任を持ってお守りするよ」

第四王子と二人で残されるとは思わず、焦りを見せるアシュレイに対し、第四王子は涼しい顔でひらひらと手を振った。

レナードの背中が人混みの中に消えると、第四王子は「さて」と切り出す。

「このたびはすまなかったね。突如として公爵家との婚姻の話が持ち上がり、さぞ戸惑われたことだろう。レナードに結婚を勧めた者として、快諾してくれたことに心より感謝しているよ」

「あの、いえ……大変名誉なことですので。こちらこそ厚くお礼申し上げます」

婚姻の話題に触れられ、アシュレイは思わず視線を泳がせた。第四王子がレナードに勧めたのは、ファルコナー領で話題になっている「オメガの名薬師」だ。アシュレイが元ベータだと――実際は今もだけど――他の貴族にはあっさり打ち明けていたが、第四王子にはどのように説明したのだろう。

不用意な発言はできないな……とアシュレイが身構える中、第四王子がちらりと視線を寄越してきた。確認したのは恐らくうなじの噛み跡だ。

「グランヴィル家には絵心のある者がいるようだね。とてもよく描けている。現在は変転の途中かな？」

核心を突かれ、アシュレイはギクリとした。動揺を露わにするアシュレイに、第四王子は「ああ、慌てる必要はないんだ」とすぐさま付け加える。

「今回の縁談は、すべて理解したうえで私が仕組んだものだから。アシュレイ・ファルコナー殿がベータであることも、『オメガの名薬師』と呼ばれる人の正体が、そのアシュレイ殿であることも」

「え……？」

当惑するアシュレイに、第四王子は順を追って説明し始めた。

ファルコナー領で話題にのぼっている「オメガの名薬師」について調査していたパトリックは、興味深い事実に気がついた。オメガの三男・エメリーの従者として付き従う男が、ファルコナー家の長男でありながら、滅多に表舞台に出てこないアシュレイと酷似していることに。

ベータというありふれた性のため、肩身の狭い思いをしているのだろうか。そう思ったが、家族や従者はむしろアシュレイを深く愛し、全幅《ぜんぷく》の信頼を置いている様子だ。ますます興味を惹かれ、調査を続けた第四王子は、とある結論にたどり着いた。

ベータの長男・アシュレイは、ファルコナー家の戦略方針を担う指導者である。本来はアシュレイこそが「名薬師」と呼ばれるべきなのに、一切の名誉をオメガの三男に譲っている。その知性を表に見せないのは、アルファの次男に家督を継がせるためだろう。

「それで、貴族のオメガたちによる奇襲に困り果てていたレナードに、ファルコナー家との縁談を薦めた。家族と領地を守るために尽力する切れ者なら、絶対にレナードも気に入ると思ったから」

想像もしていなかった展開に、アシュレイは絶句した。アシュレイの思惑をすべて把握していたのは、ファルコナー家の中でもたった一人、父のカーティスだけだ。うまく隠してきたつもりでいたのに、まさか直接会ったこともない第四王子に、手の内をすべて知られていたなんて。

「で、ですが……申し入れどおり、ファルコナー家がオメガの三男との婚姻を進める可能性もあったはずです」

「調査の中で、三男に想い人がいることも分かっていた。家族想いの長男が、『彼への恋は諦めて公爵のもとへ行け』などと言うはずがない。表舞台に出ていない自分が、変転薬を使ってオメガになればすべて丸く収まる。そう考えるだろうと思ったんだ」

理路整然と語る第四王子に、アシュレイは啞然とするばかりだ。飄々《ひょうひょう》とした色男といった風貌でありながら、その実、とんでもない頭脳派であることがうかがえる。

（絶対に敵に回したらいけない方だ……）

第四王子の末恐ろしさに身震いし、アシュレイは長い溜め息をついた。隠し事などできないと観念し、苦笑とともに本音を吐露する。

「……パトリック王子殿下が見込まれたとおり、気に入っていただけていたらいいのですが。レナード様を支える家族として、お役に立てることがあればいいと願うばかりです」

冷遇されることを覚悟のうえで持ちかけた契約結婚だが、今では「番になる」という目標に向かう、同志としての絆《きずな》が芽生えつつある。目的を達したあとも、レナードは決して手のひらを返すような真似はしないだろう。彼の情の厚さを知った今では、そんなふうに考えていた。

それで十分だと思っていたのに、第四王子は今一つ納得していない様子を見せる。

「家族として？　彼に愛される妻ではなく？」

「あ、愛される妻、ですか？」

想定していなかった言葉が飛び出し、アシュレイは思わず聞き返してしまった。第四王子は不可解なものでも見るように、顎に指を添えてアシュレイをまじまじと観察する。

「あの社交界嫌いな男が、着飾った妻を見せびらかすために夜会に参加したのに？　わざわざ自分の瞳の色に合わせた宝飾品を身につけさせてだよ？」

「すでに番関係にあることに信憑性を持たせるため、円満な夫婦だという印象を与えたいのだと思います。パトリック王子殿下へのご挨拶という意味合いも大きいですし」

「本気で言ってる？　私の誘いなど爪の先ほどの罪悪感もなく断る男だよ、レナードは」

互いの意見がいつまで経っても嚙み合わず、アシュレイはただただ困惑する。

対照的に、第四王子はなにかを察した様子でアシュレイを観察していた。口許がにやけているように見えるのは気のせいだろうか。

「文面だけの報告だと策略家の印象が強かったけど、思っていた以上に純粋というか、鈍感というか……。これはレナードも苦労するな」

愉快で仕方ないといった様子で、「はー……」と息を吐いた第四王子は、おもむろに周囲を見回したあと、悪戯を思いついたようににやりと口角を上げた。アシュレイの肩にそっと手を置き、もう片方の手で口許を隠しながら、内緒話をするように耳許へ顔を寄せる。

「私から言えるのは、彼の言動はそのまま受け止めればいい、ということだよ。表裏のないまっすぐな人だから」

そう言って身を離した第四王子は、遠くに目をやって片手を上げた。彼の視線に促されるように、アシュレイも正面に目を向ける。そこには、広間に戻ってきたレナードの姿があった。

まっすぐにアシュレイを見つめ、大股で突き進むレナードは、焦りと苛立ちが混ざったような表情を浮かべていた。


夜会の開始直後、あれほど緊張していたのが嘘のように、アシュレイは和やかな気持ちで広間をあとにした。王城の正面から伸びる長い階段を、レナードの左手で腰を支えられながら歩く。アシュレイを導く姿は優美で、まるで絵本に登場する王子様のようだと思った。

（じゃあ僕はお姫様ってことになるのか……、……いや、なに考えてるんだ。だいぶ酔ってるな）

別に雰囲気に酔っているわけではなく、単純に酒が回っている。澄んだ色の発泡酒は上品な味わいで、参加者と談笑しながら気分よく飲むうちに、いつの間にかふわふわした心地になっていた。

レナードに挨拶をしてから帰る参加者が多く、最後まで残っていたため、周囲には人気《ひとけ》がない。王城の正面玄関から漏れる明かりが、アシュレイたちを背後から照らしている。

「うっかり飲ませすぎてしまったな」

体を密着させているため、苦笑するレナードの顔がいつもより近い。端整な面立ちなのは今に始まったことじゃないのに、今夜は一段と輝いて見える。やはり酔いが回っているのだろうか。

「普段はこのくらいじゃ酔わないんですけどね……」

「そうなのか？　だとしたら、やはり緊張していたせいか」

レナードは申し訳なさそうに眉を下げるが、アシュレイは納得がいかず、こてんと首を傾げた。

「いえ……むしろ緊張してるときほど素面《しらふ》なので。下手な状態は見せられないぞって、気を張ってるからかな」

「今夜は違ったのか？」

「う ー ん。レナード様が一緒だから、つい安心しちゃったというか……なにかあってもレナード様を頼ればいいやって思っちゃって」

陽《ひ》だまりの中を歩くような、ほわほわした気持ちでアシュレイは語る。いつものように鷹揚《おうよう》な雰囲気で笑われるかと思っていたが、レナードからはなんの反応も返ってこない。

一体どうしたのか、と足を止めて見上げると、レナードもそれに合わせて歩みを止めた。深紅の絨毯が敷かれた階段の中ほどで、彼と視線を交わす。

レナードは形のいい唇を引き結び、まっすぐアシュレイを見つめていた。逆光のせいで分かりづらいが、微かに頰が赤らんでいる。力強い眼差しに捕らえられ、アシュレイもまた紫色の双眸に目が釘付けになった。

白手袋で覆われた右手が、アシュレイの顔に伸びてくる。頰に触れられ、親指の腹で皮膚をなぞられて、アシュレイは堪らず唾を飲み下した。

「……まいったな。やはり酒量に気をつけるべきだった。こんな顔を他の奴にも見せていたなんて」

眉間に皺を寄せたレナードが低く掠れた声で漏らす。その言葉に、アシュレイは数秒遅れて狼狽した。酔った自分は、彼を困らせるほどの醜態を晒していたのか。

急激に胸が苦しくなり、アシュレイはレナードを引き剝がすように体を押しやった。

「もう大丈夫です。ご迷惑をおかけしました」

「え？」

「気がゆるみすぎていたみたいです。本当に、一人で平気なので」

進行方向に顔を戻し、アシュレイはすたすたと階段を下りていく。「待て、アシュレイ」と慌ててレナードが追いかけてくるものの意に介さなかった。そうだ、支えてもらわなくても一人で歩けるのに、なにを僕は。

ざわめく胸を落ち着けるように手を置いたアシュレイは、物足りなさに気づき足を止めた。見れば、襟締の結び目に留めていたはずの装身具が姿を消している。

「うそ。どこに行ったんだろ」

うろたえるアシュレイの隣に並び、レナードが「どうした？」と尋ねてくる。けれど彼もまたすぐに、装身具の紛失に気づいたようだった。「ああ」と納得した様子で頷くレナードに、息苦しいほど胸が軋《きし》む。彼からの贈り物をなくしたことを、本人に知られたのがつらかった。

「せっかくいただいたのに」

「急いで作らせたから、留め具が甘かったのだろう。気にしなくていい」

宥めるようにそっと背中をさすられ、その優しい感触にますます悲しくなる。

「僕……、探しに戻ります」

アシュレイはすぐさま踵《きびす》を返すが、レナードに後ろから腕をつかまれ、制止されてしまう。

「酔っているだろう。階段を駆け上がるのは危ない」

「でも、でも……片方だけじゃ、レナード様とお揃いじゃなくなっちゃうじゃないですか」

酔いが回っている影響かひどく感情が乱れて、自分でも驚くほど幼稚な物言いだった。レナードは込み上げてくるなにかを堪えるかのように奥歯を嚙みしめ、アシュレイを引き留める手にぎゅっと力を込める。

「俺が探してくる。階下まで一緒に行くから、先に馬車に乗っていてくれ」

レナードはそう言うと、アシュレイの肩を抱き、まっすぐ階下を目指した。迎えにきた御者と護衛にアシュレイを託すと、再び階段を駆け上がっていく。

けれど彼を見送ったあとも、アシュレイは馬車に乗り込む気になれずにいた。自分のために元来た道を戻っていく後ろ姿が、まぶたの裏から離れない。二人に頼み込み、アシュレイは階下でレナードを待つことにした。

夜会の間に一雨降ったらしく、濡れた石畳が暗い色に変化していた。グランヴィル領は昼夜の寒暖差が激しく、夏であっても夜はまだひんやりとしている。御者が「お風邪を召されますよ」と心配そうにしていたが、アシュレイは「酔いを醒《さ》ましたいので」と言い訳して階下に立ち続けた。

そうこうするうちに、階段の上から話し声が聞こえてきた。複数人の男性の声で、どれも父と同じくらいの年代――四十前後と思われる。少なくともレナードがその集団にいる気配はない。

やがて声の主が見えてくる。七、八人ほどの男性の中心にいたのは、派手な身なりをした男だった。焦げ茶色の髪を後ろに撫でつけ、恰幅《かっぷく》のいい体をのしのしと揺らしながら階段を下りてくる。周囲にいるのは彼の取り巻きたちのようだ。

男もまたアシュレイの存在に気づき、「おや」と声をあげた。御者と護衛にも目を向けたのち、馬車を停《と》めている方向へ視線を移す。有名な家門であれば、連れている従者の顔や馬車の意匠を覚えられている場合が多い。

階下までやって来た男は、アシュレイの顔をまじまじと見た。探りを入れるような露骨な視線にアシュレイはたじろぐ。夜会の参加者にはいなかった、目の奥をぎらつかせるような男だと思った。恐らく別件で王城を訪れていたのだろう。

男はすぐに目を細め、愛想のいい笑みを見せた。

「グランヴィル公爵家の方でしたか。はて、公爵閣下のお身内に、このような年頃の方はいらっしゃったかな？」

どこかわざとらしさを感じさせる物言いで、取り巻きたちと視線を交わす。妙な居心地の悪さを覚え、アシュレイは唇を噛みしめた。なぜだろう。この人に名乗るのが躊躇《ためら》われる。

「……ええと」

「おっと、失礼。目下の者から名乗るのが礼儀ですな。わたくし、伯爵のドーソンと申します」

相手に名乗られてしまえば、こちらが口を噤み続けることはできない。

「……アシュレイ・グランヴィルと申します。公爵である、レナード・グランヴィルの妻です」

慎重に自己紹介をした途端、ドーソンの目が再び底光りした気がした。面白いものを見つけたと言わんばかりの、獲物を目の前にした獣のような表情を覗かせる。

アシュレイのそばにいた護衛がわずかに前に出て、ドーソンを警戒する様子をうかがわせた。

「ああ！　奥様にお会いできるとは、なんと光栄なことか！　あのグランヴィル公爵閣下がとうとう身を固められたらしい、最近の社交界はその話題で持ちきりでございました。噂によると、ご実家は製薬事業で有名なファルコナー家だとか……？」

やはりアシュレイの出自はドーソンの耳に届いていたらしい。アシュレイは「はい」と端的に返し、腹の前で両手を重ねる。自分を落ち着かせるように、左手で右手の甲をさすった。

ドーソンはすうっと目を細めると、ほんの一瞬沈黙した。自分の持ち得る情報を、冷静に掻き集めているように感じられた。

「ははあ、左様でしたか。しかし不思議ですな。グランヴィル公爵閣下と番関係であると聞き、オメガのご子息が嫁がれたものと思っておりましたが……その髪色を見るに、奥様はベータであるご長男では？」

飄々とした口調でありながら、確信を得ている様子でドーソンが尋ねてくる。夜会で他の貴族に気づかれたときは少しばかり慌てる程度だったのに、ドーソンが同じ情報を得ていると思うと、込み上げる不安で胃の底が冷えていく。

（落ち着け。レナード様と同じように対応すれば大丈夫だ）

アシュレイは動揺で震えそうになる唇を結び、鼻から深く息を吸い込んで胸に溜めた。一度まぶたを伏せたのち、まっすぐドーソンを見据える。

「ええ。レナード様と番になるため、変転薬を飲んでオメガになったのです」

隙のない笑顔を見せて真っ向から立ち向かう。頭脳派の第四王子が「家族と領地を守るために尽力する切れ者」と評してくれたのだから、今こそ冷静に立ち回らなくては。

堂々と認めたアシュレイに、ドーソンは面食らった様子を見せた。けれどすぐに、ドーソンもまた作ったような笑顔を浮かべる。

「おお……なんと愛の深い方だ！　それほど強く公爵閣下と想い合っていたということですね。ベータとして大きな波のない平穏な日々を送ることもできましたのに、自らのご意思で不遇の性に変転されるとは……よほどの覚悟がなければできないことです」

下手な演劇のようなわざとらしい物言いで、ドーソンは取り巻きたちと「素晴らしいお話だ」と口々に言い合う。その、アシュレイを賞賛するはずの台詞に引っかかりを覚えた。

「不遇の性……ですか？」

「ええ、ええ。誘惑香によってアルファを惑わす淫蕩な性だなんて、とてもじゃないが他所様に見せられません。実のところ、うちの愚かなオメガの息子も、以前グランヴィル公爵閣下にご迷惑をおかけしましてね……。ああ！　もちろん、公爵閣下は賢明な方なのでなにごともなく終わりましたし、恥ずべき愚息は修道院送りにしてやりましたが」

嘆かわしいとばかりに大袈裟にかぶりを振り、ドーソンは顔を歪めて侮蔑《ぶべつ》の表情を見せる。実の息子の話をしているとはとても思えない。

アシュレイは、湯が煮立つように腹の底がふつふつと熱くなるのを感じた。湧き上がる憤りで体が小刻みに震える。

（確かに、かつてはオメガが蔑まれている時代もあった。けれど今では王家によって第二の性による差別撤廃が謳《うた》われている。それなのに、王城に出入りするような貴族の中にもまだ、露骨な差別主義者がいるというのか）

病に苦しむ者の役に立ちたいと、健気に薬学を学ぶエメリーの姿が脳裏に蘇り、アシュレイはぐっと奥歯を噛みしめた。堪えきれない怒りを滲ませるアシュレイをちらりと見て、ドーソンは余裕たっぷりに肩を竦めてみせる。

「……おっと、失礼。奥様の弟君はオメガでしたね。いや、もちろん、オメガにも長所はございますよ。アルファの華やかさとはまた違った、繊細な美しさなど」

「ノエル様は、それはそれは美しいオメガでしたねぇ」

ドーソンの隣にいた取り巻きがすかさず口を挟む。ノエルというのは、修道院へ入ったというドーソンの息子のことだろうか。

口々にノエルを褒め称《たた》えた取り巻きたちは、一瞬の間ののち、アシュレイに含みのある視線を向けた。彼らの反応を確かめるように、ドーソンは周囲をぐるりと見回す。それから「まあまあ」と取り巻きたちを宥めた。

「公爵閣下の奥様は元ベータなのだぞ」

だから、オメガのような美しさがないのも仕方あるまい――。

ドーソンの言わんとすることを察し、取り巻きたちがドッと笑い声をあげた。嘲笑の対象がオメガからアシュレイへと切り替わった瞬間だ。アルファ至上主義の彼らにとって、オメガだろうがベータだろうが、自分より劣る種《しゅ》には変わりないのだと思った。

「貴様……ッ」

グランヴィル家の護衛が額に青筋を立て、一歩前に踏み出そうとする。レナードの妻を侮辱され、感情を抑えきれなくなっているのだろう。今にもドーソンにつかみかかりそうな勢いだ。

しかしアシュレイはそれを片手で制止した。激情に任せて行動し、グランヴィル家の不利益になることだけは避けなければならない。領民の生活を守ることで、ジリクシア王国全体をよい方向へ導こうとする気高き公爵の、足を引っ張るような真似は絶対にしてはいけない。

燃え盛っていた怒りが臨界点を超え、急激に冷静さが戻ってくる。

(考えろ。今僕はどんなふうに立ち回るべきなのか)

家門や第二の性といった、自分の努力では変えられないもの。それらを理由にしてぶつけられる理不尽な悪意に、今までもそうやって対処してきたじゃないか。

太股の横でこぶしを握ったアシュレイは、目の奥に静かな炎を宿し、口を開こうとした。

「それは一体どういう意味だ？」

張りつめた空気を切り裂いたのは、耳慣れた低い声だった。

その場にいた全員が、声がした方向へ一斉に顔を向ける。深紅の絨毯を一歩ずつ踏みしめるように、ゆっくりと階段を下りてきたのは、広間に戻っていたはずのレナードだった。

アシュレイを嘲笑うことに気を取られ、レナードの接近にまるで気づかなかったのだろう。おどけるような態度を貫いてきたドーソンが、みるみるうちに表情をこわばらせる。

「グランヴィル公爵閣下……！　い、今のはですね……」

「まるで我が妻への侮辱のような台詞が耳に飛び込んできたが、聞き間違いだろうか？」

階下に下りたレナードは、アシュレイの肩を抱き、すべての悪意から守るように腕の中に閉じ込めた。アシュレイは促されるまま彼に身を寄せ、ごく自然にレナードの胸に手を置く。

週に一度、裸の胸に抱かれる際にはなにも思わなかった。それなのに今この瞬間、衣服越しに感じる彼の体温に、無性に安堵している自分がいた。

鋭い言葉で追求され、ドーソンは頬をひくつかせながら必死に笑みを作る。

「まさか、滅相もございません。公爵閣下の奥様を侮辱するなど……」

「私には、貴殿が妻の容姿を貶《けな》しているように聞こえたのだが。では、元ベータだからなんだと言いたかったのだ?」

「そ……っ、それはもちろん、元ベータのため気高く、生粋《きっすい》のオメガのような下品さが感じられないという意味での……」

必死に言い訳を探したのだろう。ヘラヘラと笑いながら口にした理由に、ドーソンは一拍ののち目を見開いた。咄嗟に両手で口を塞《ふさ》いだが、漏れてしまった言葉をなかったことにはできない。己の失態を悟った様子で、額にドッと汗をかいている。

そんなドーソンを前に、レナードは静かに目を細めた。

「尻尾を現したな、ドーソン。第二の性による差別は、グランヴィル家当主である私も、ジリクシア王国を統べる王家も、決して容認していない。私や王家の方々の前では過剰なほどオメガ擁護《ようご》の姿勢を見せていたが……お前が裏で他の性を貶《おとし》めるような言動を繰り返していたことに、我々が気づいていないとでも思ったのか?」

鋭い眼光でドーソンを射貫くようなレナードに、周りの取り巻きたちも震えあがった。あくまで落ち着いた口調でありながら、その裏にすべてを焼き尽くすほどの怒りが燃えていることを、この場にいる誰もが察している。

権力者には媚びる一方、自分より地位の低い者は侮蔑する。そうやって生きてきたに違いない。ドーソンの幼稚な振る舞いにアシュレイは心底呆れた。

ぎゅっとレナードの胸に縋ると、肩を抱く手に力を込められる。アシュレイの体を腕に囲ったまま、レナードは身を翻した。

「貴殿が統治する領地には近く監査が入ることだろう。領地内にオメガ差別が横行しているとの報告が、密かにあがっていたからな。第二の性によって苦しむ者に手を差し伸べるどころか、領主自ら差別していたこと。……そして私の妻を侮辱したことを、寝床で震えながら悔やめ」

冷ややかな声で吐き捨て、レナードは馬車に向かって歩き出した。大きな手に促され、アシュレイも護衛たちとともにその場を離れる。

ちらりと振り返った先で、ドーソンは石畳に膝をつき呆然としていた。彼を囲む取り巻きたちも、身じろぎ一つできずにいる。彼らにこの先どんな処分が待ち受けているのかは分からないが、領主自らオメガ差別を助長していたとなれば降爵は免れないだろう。伯爵から子爵へと降格されれば、領地も取り上げられるはずだ。

王城の前に広がる暗闇の中、おもむろに顔を上げたドーソンが、憎々しげな表情を見せた気がした。

御者が馬車の扉を開け、先にアシュレイが、次いでレナードが乗り込む。

二人並んで座席に腰を下ろすと、それだけで肩の力が抜けた。アシュレイにとってのグランヴィル家が、いつの間にか安堵できる場所になっていたことに気づく。

「すまなかった。一人残してきたせいで、アシュレイに怖い思いをさせた」

正面の座席に護衛が座り、馬車が出発すると同時にレナードが口を開く。その沈み込んだ表情を見て、アシュレイは慌ててかぶりを振った。

「レナード様のお言葉に従わなかった僕が悪いんです。それに、レナード様はちゃんと助けにきてくれたじゃないですか」

「いや……それでもやはり、もっと警戒すべきだった。王太子殿下からも、ドーソンの動向に注意を払うようにとお話をいただいた直後だったというのに」

額に手を当て、レナードは深くうなだれた。王太子から呼ばれていると第四王子が告げた際、「相談したいことがあるらしい」と言っていたのは、ドーソンの件だったのだろう。肩を落とし、後悔を滲ませる姿にアシュレイは戸惑う。

話題を変えようとして、ふと、ドーソンとの会話で気になっていたことを思い出した。

「あの……ノエルさんという方をご存じですか？　ドーソン伯爵のご子息だと思うのですが、以前レナード様にご迷惑をおかけした……と話していました。結婚前に何度か発情したオメガの奇襲に遭ったと聞いていましたが、もしかしてそのお相手の一人が……？」

アシュレイの口からノエルの名前が出るとは思わなかったのだろう。顔を上げたレナードが戸惑う様子を見せた。けれどすぐに苦い表情を浮かべる。

「ドーソン伯爵は『息子の不注意による事故だった』と言い張っていたが……俺は、あれは十中八九ドーソン伯爵の指示によって故意に起こされた発情だと思っている」

吐き捨てるように告げるレナードに、アシュレイは困惑した。

「息子に発情誘発剤を飲ませ、レナード様のもとへ送り込んだということですか？　発情誘発剤を処方してもらえるのは、結婚して三年以上子供を授からないオメガのみ……とされていますが」

「ああ。だが一部の貴族の間で、私利私欲を満たすことを目的とし、密かに発情誘発剤が出回っているようでな……。使い方によっては、同意のない番関係が結ばれかねない危険な薬だ。しかし、体調不良等によって起きた不慮の発情か、誘発剤によって意図的に発情させられたのかは、オメガを調べても分からない」

発情した現場に決定的な証拠を残せば、不正な薬物使用の疑いで問いただすことも可能だろうが、そんな失態は犯さないはずだ。

発情誘発剤を使用してまで既成事実を作り、オメガの息子を公爵家に嫁入りさせようとした。身内を利用した計画もあえなく失敗したのに、いざ公爵の妻の座に収まったのは、蔑んでいたはずの新興貴族の子息だ。さらに言えばアルファでもオメガでもなく、元ベータときた。

その事実を知り、さぞ腸《はらわた》が煮えくりかえる思いだったのだろう。公爵の妻であると知りながら、アシュレイを罵らずにいられなかったほどに。

（適当な言葉で僕を丸め込んで、レナード様に報告させないようにするつもりだったのかな。もしくは、ベータには遠回しな嫌味なんて理解できないだろう、と侮っていたか）

ドーソンの狡猾《こうかつ》さに嫌気が差した。眉を寄せるアシュレイの隣で、レナードがぽつりとつぶやく。

「……父親の駒として利用されたノエル・ドーソンは、憐れだった。発情状態に陥りながらガタガタ震え、ひどく怯えながら『ごめんなさい』と繰り返していた」

アルファとオメガの番関係は、想い合う者同士であれば利益となる一方、そうでない場合は大きな枷《かせ》となる。特にオメガは、発情期の間に番以外のアルファと性交しようとすると、体の震えや嘔吐などの激しい拒絶反応が出るため、相手が愛する人であっても子を作ることができなくなるのだ。

オメガの人生を奪うくらいなら……と、レナードが自傷行為をしてまで、彼らのうなじを噛まないようにしたのはこのためだ。

（そうじゃなくたって、初めて会う男に自らを襲わせるなんて怖いに決まってる。……ドーソン伯爵は、息子の人生をなんだと思っているんだろう）

湧き上がる憤りに、アシュレイは無言で奥歯を噛みしめる。馬車の中に沈黙が落ちる中、アシュレイのほうへ視線を向けたレナードが、ふいに焦りを見せた。

「オメガの発情に当てられたときの話など、妻の前で口にするものではなかったな。すまない」

レナードは、太股の上に置いていたアシュレイの手に自身の手を重ね、宥めるようにさする。その反応にアシュレイは混乱した。ドーソンに対する怒りはあるが、レナードの発言で気分を害したわけではない。

「気にしていません。レナード様だって被害者の一人じゃないですか」

「それならやはり、ドーソン伯爵のせいで怖い思いをしたのか？」

「え？」

「……手が震えている」

指摘され初めて、アシュレイは自分の手に目を向けた。レナードの手の下で、それは確かに細かく震えていた。いつからそんなふうになっていたのか、まるで見当がつかない。

己の状態に唖然としながら、アシュレイは今日の出来事を振り返る。

ファルコナー家より格上の、見目麗しい貴族たちの中へ放り込まれたこと。ドーソン伯爵と対峙《たいじ》し、嘲笑の対象となったこと。けれどそれらを思い返してみても、手の震えが止まらなくなるほどの緊張や恐怖を覚えたわけではない気がした。

ならば一体なぜ……と、考えを巡らせるうちに一つの答えに行き着く。

「……僕は……」

絶対に回避したいと願ったこと。アシュレイの胸にある強い願い。

「レナード様に、見限られたくない……」

「……え？」

ぽつりと漏らした言葉に、レナードが戸惑いの声をあげた。アシュレイも「しまった」と口を噤む。けれど声に出してしまえばもう遅い。レナードに知られたこともそうだが、目を逸らし続けてきた感情が蓋をこじ開け、アシュレイの胸の中にあふれ出してしまう。

冷たくなった唇を引き結び、アシュレイは俯く。レナードはなにも言わず、背中にそっと手を添えてくれた。大きな手で優しくさすられるとそこに熱が生まれ、凍りつきそうな心と体が少しずつ溶けていく。

ぎゅっと目を瞑ったアシュレイは、長い思案の末、おもむろにまぶたを上げた。心の奥底に隠していた鬱屈《うっくつ》とした感情を、慎重に引っ張り出す。

「大切な人たちの役に立とう……そう思って生きてきたんです。自分自身に価値が欲しいから」

沈み込んだ声で告げるアシュレイに、レナードが「価値……？」と聞き返してきた。

「はい。アルファやオメガの弟たちと違って、僕には他人より優れた点がないから、それなら自分で価値を生み出すしかないなって」

大きな手に包まれた自分の手を見つめ、アシュレイは静かに語り出す。

幼少期は別段、第二の性の違いを意識していたわけではなかった。子供にとって二歳の年齢差は大きく、勉強も運動も当然アシュレイのほうができていた。四歳年下のエメリーは幼くて、なにをしていても愛らしかった。

しかし成長に伴い、徐々に彼らとの違いを実感するようになった。物覚えが早いウォルトは、同じ家庭教師のもとで勉強に励んでいても褒められる頻度が違う。あっという間に自分の学力を抜き去り、どんどん先に進んでいくウォルトを見るのがつらくて、勉強の時間を彼とずらしてもらった。

エメリーはその場にいるだけで人を惹きつけ、常に多くの友人に囲まれていた。失敗をしても、「仕方ないな」の一言で許されることも多く、自分が同じ失敗をしたときはどうだっただろう……と無意識に比べるようになった。

「別に、弟たちから侮られていたわけじゃないんです。両親や従者が、僕と弟たちを比べたわけでもない。弟たちは幼少期からずっと僕に懐いてくれていたし、両親も僕と弟たちを平等に愛してくれていました。そんな家族が僕はとても大切で……大切だからこそ、愛想を尽かされたくなかった」

家族にとって役に立つ人間であろうと努め、自分の感情よりも、家族の利益になることを優先した。「アシュレイのおかげだ」と感謝してもらえると、自分自身の価値が上がった気がした。そうやって、いつしか「家族からの評価」こそが自分の価値なのだと思い込むようになった。

利他的に見せかけた行動の裏には、利己的としか言えない考えがあったのだ。

「レナード様のもとへ嫁いだのだって同じです。弟の恋を叶《かな》えるために自分が身代わりになれば、ファルコナー家を離れたあとも、大切な人たちの中で『価値のある人間』で居続けられるんじゃないかと思ってた。……自分の心を満たすために、レナード様との結婚を利用したんです」

軽蔑されてもおかしくない、恐ろしく自分本位な行動だ。それでもレナードは決して不愉快そうな顔を見せず、静かにアシュレイの背中を撫で続けた。

どこまでも優しく、寛容で、愛情深い人。だからこそ……と、アシュレイは掠れた声を必死に絞り出す。

「でも……レナード様と一緒に過ごすうちに、僕の『大切な人』の中に、気づけばレナード様が加わっていました。笑いかけてもらえると嬉しくて、隣にいると安心できて。……だから……」

「……俺に愛想を尽かされることが怖くなった？」

レナードの問いに、アシュレイはこくりと頷く。

ドーソンに挑発された際、憤りとともに湧き上がったのは、「グランヴィル家に迷惑をかけてはいけない」という思いだった。レナードの家族として、これからもずっとそばにいたい。そのためには、彼の足を引っ張るようなことだけはできない。

そんなふうに考えていたから、知らず知らずのうちに心に強い負荷がかかっていたのだろう。失敗が許されない恐怖で、手の震えが止まらないほどに。

馬車の中に再び沈黙が落ちる。馬が地面を蹴る蹄《ひづめ》の音や、車体の振動、夜になっても途絶えることのない王都の賑わい。重苦しい静けさの中で、そういったものが鮮明に伝わってくる。

「アシュレイの、アルファやオメガに対して一歩引いた姿勢を取ることや、時折見せる自己評価の低さには、そういう理由があったんだな……」

レナードは納得した様子でそう言うと、アシュレイの背中から手を離した。彼の体温が消え、温めてもらっていた箇所がすうすうと冷えていく。レナードがどんな顔をしているのか確認する勇気が出ず、アシュレイは俯いたままだ。

上着の懐に手を差し入れたレナードは、そこからなにかを取り出した。「アシュレイ」と呼びかけられ、アシュレイは鈍い動きでなんとか顔を上げる。

体を斜めにしてレナードのほうへ向き直ると、彼はそっと右手を差し出した。そこに載っていたのは、アシュレイが落とした装身具だった。レナードの目と同じ紫色の宝石がはめ込まれた、あの。

「あ……」

「広間の端に転がっていたんだ。無事に手元に戻ってきてよかった」

レナードは目許をゆるめ、装身具を指で摘み留め具を外し始める。左手でアシュレイの襟締の結び目を固定し、右手で針を差し込む。

最後に装身具の角度を調整すると、レナードは精悍な顔をやわらかく綻ばせた。

「ほら、これでまたお揃いだろう?」

慈愛の心が滲む、やわらかな声音。アシュレイに向けられる優しい眼差し。それらを嬉しく思うと同時に、胸の中をひたひたと切なさが満たして、アシュレイは震えそうになる唇を結んだ。目の裏が熱くなり、気を抜くと涙がこぼれてしまいそうだった。

レナードの手が伸びてきて後頭部に添えられる。彼の手に促されるまま、アシュレイは広い肩に頭を預けた。手を重ねられたときよりも、背中を撫でられたときよりもずっと、彼の体温が近くなる。

「アシュレイのことを、最初は、なにを考えているのかよく分からない人だと思っていた」

ゆったりとした手つきでアシュレイの頭を撫でながら、レナードは言った。

「愛のない結婚生活になることを突きつけても微塵も悲しむ様子を見せないし、情よりも利益を追求する打算的な人なのだろうと考え警戒していた。グランヴィル領にとっての脅威にならないように、と。……だがともに過ごす時間の中で、最初の印象とはかけ離れた一面が次々に見えてきた」

ターラント伯爵の従者を介抱した際は、衣服が汚れることも気にせず手を差し伸べ、制止しようとしたターラント伯爵に「苦しむ者を救うのに身分の差など関係ない」と啖呵を切った。農村では、アシュレイにとってはなんの利益にもならないはずなのに、庶民の子供の喧嘩を仲裁していた。

打算的という言葉とはかけ離れた姿に、レナードはどんどん惹きつけられていったという。

「本来の君は情を重んじ、しなやかな強さを持つ人なのだと思った。俺がオメガへの拒絶反応を見せたときも、情けないと失望せず、俺の心に寄り添ってくれただろう。……公爵になってから、誰かに『守る』だなんて言われたのは初めてだった」

大切な思い出に触れるように、レナードは穏やかな声音で語った。けれどふいに沈黙が生まれる。

「アシュレイの話を聞いていて分かった。アシュレイが俺の心を守ろうとしてくれたのは、『自分に価値を生み出さなくては』という重圧のもと、君自身が心を疲弊させていたからだったんだな」

アシュレイの心の繊細な場所に足を踏み入れていることを分かっているのだろう。再び口を開いたレナードは、声を抑え慎重な物言いをした。それから少し考える素振りを見せる。

「……なあ、アシュレイ。農村を視察した際に出会った子供たちは、価値のない人間に見えたか？」

予想していなかった問いに困惑し、アシュレイは思わず顔を上げた。襟締に戻ってきた宝石によく似た、同じ艶やかな紫色の目が、まっすぐにアシュレイを見つめている。

「そ、そんなことはありません。彼らの素直さと純真さ、それに感謝の念を伝えるために魚を捕ろうとする一生懸命な姿に、胸を打たれました。彼らに会えてよかったと思えるくらい、魅力のある子たちだと思います」

首を横に振り、懸命に言葉を紡ぐアシュレイに、レナードは「ああ、そうだな」とやわらかく微笑む。両手でアシュレイの頬を包むと、顔の輪郭をなぞるように優しく撫でてくれた。

「学力や腕力、容姿の美しさといった、数字や見た目に表れるものだけがその人の魅力を作るのではない。アシュレイにとっての弟たちだってそうなんじゃないか？　アルファやオメガとしての特徴以外にも、君の弟たちはたくさんの長所があるのだろう？」

「……あ……」

静かな声音で諭され、アシュレイは思わず瞳を揺らす。レナードの言うとおりだと思った。

家督を譲ると言ったとき、ウォルトは怒ってくれた。第二の性など関係なくアシュレイを尊敬しているのだから、アシュレイが領主になるべきだと言って。彼のそんな情熱的な一面を、アシュレイは好ましく思っている。

エメリーは「オメガの名薬師」という異名を自分の力のみで得ようと、薬師としての仕事にひたむきに取り組んでいた。真面目で努力家な性格をよく知っているからこそ、アシュレイは彼の力になりたいと思っていたのだ。

（第二の性に囚われて「自分には魅力がない」と嘆くことは、ウォルトやエメリーの性格から生まれた魅力を、全部なかったことにするのと同じなんだ……）

劣等感に苛まれた結果、随分と視野が狭くなっていたことをアシュレイはようやく悟った。幼稚な考えに囚われていた自分が途端に恥ずかしくなる。第二の性による違いを理由に、家族からの愛情を疑うだなんて。

唇を歪め、睫毛を震わせるアシュレイを、レナードはそっと抱きしめてくれた。彼の肩に顎を乗せ、アシュレイはぎゅっと目を瞑る。その拍子に涙がこぼれ、レナードの上着に染み込んでいった。

「アシュレイ。君はそのままで十分価値のある人間だ。君の家族にとっても、それから……俺にとっても」

たくましい腕に力が込められ、アシュレイは胸を詰まらせる。息が吸いづらくて苦しいのに、離してほしくない。むしろ体の境目が分からなくなるほど、強く抱きしめてほしいと思った。

彼の腕の中でこれほど安らぎを覚える日が来るなんて、嫁いできた初日は想像もしていなかった。

レナードはアシュレイの頭に頰擦りをすると、耳の縁に唇を押し当ててくる。やわらかく、それでいて熱のこもった感触に、アシュレイはピクリと身を震わせる。

「役に立とうと頑張《がんば》らなくていい。君の思うままに生きればいい。失敗をしたからと見限ったりするものか。俺にとってもアシュレイはすでに、失いたくない大切な人なのだから」

芯の通った言葉が心の奥深くまで突き刺さり、アシュレイの中にあった陰を消していく。広い背中を抱き返し、アシュレイはレナードから与えられる幸福に身を委ねた。


太陽の位置が真上に近づくと、作業室の隣にある厨房《ちゅうぼう》がにわかに騒がしくなる。先回りしたらいに水を張っておいたのは正解だったな……と思いながら、前掛けをしたアシュレイは、すり潰した薬草に蜂蜜を垂らし匙で混ぜ合わせていた。

使い終わったすり鉢の底もアシュレイの指先も、葉や茎を潰した際に出る汁によって緑色に染まっている。作業を終えてから厨房へ手洗い用の水をもらいに行ったのでは、慌ただしく昼食を作る料理人たちの邪魔になっていたことだろう。

現在作っているのは、オメガの従者に渡すための発情抑制剤だ。市場に流通しているファルコナー製の薬も、もちろんしっかりと発情を抑えてくれる。しかし万人向けに作っているため、甘さは控えめだ。薬草の香りが苦手な人にとっては、もっと甘いほうが飲みやすい……という意見を聞き、グランヴィル家の従者にはアシュレイ特製の発情抑制剤を処方していた。

アシュレイにとっては手慣れた作業だ。しかし最近では、「今までどおりの薬を作るだけでいいのだろうか」という迷いも生まれていた。

（発情抑制剤は、オメガがきちんと服薬することを前提にした薬だ。飲まなければ当然効果は出ないし、抑制剤が効きにくい体質の人もいないわけじゃない。そうやってなんらかの要因で、万が一アルファのそばで発情してしまったとしても、アルファ側が身を守る術はないんだよな……）

これまでは、オメガは庇護すべきと考えていた一方、アルファを守るという意識は欠けていた。ベータより優れた性であるという認識が、アシュレイの目を曇らせていたからだ。

しかし、レナードの手の甲に残る傷跡を見たあとはその考えも変わってきた。アルファだって強制的に本能を掻き乱され、己の意思とは関係なくオメガを襲ってしまうのは恐ろしいはずだ。レナードがオメガに対する拒絶反応を示したように、心の傷となる場合もあるだろう。

薬を瓶に詰め替えながらアシュレイは考えを巡らせる。唐突に一つの案が頭に浮かび、「あ」と声を漏らして顔を上げた。

（発情したオメガに遭遇しても、アルファが理性を保てる薬があれば、どちらも傷つけずに済むんじゃないか？）

誘惑香の催淫作用に当てられた場合の、アルファ用の緊急特効薬はすでに存在している。その技術を応用し、オメガの発情抑制剤のように、日常的に内服することで誘惑香の影響を最小限に抑える薬を作れるのではないか。

目の前が急激に明るくなったような心地がして、アシュレイは汚れた手も洗わないまま計画を練り始めた。腕組みをして卓の周りをぐるぐると歩き回る。自分が開発した薬によって、ジリクシア王国の未来がよりよい方向へ変わるかもしれないと思うと、それだけで胸が躍った。

以前は、すべての行動の根底に、「役に立つ人間だと思われたい」という願望があった。けれどレナードとの対話によって憂いが消えた今は、純粋に「自分がやりたいこと」を追求できるようになっていた。

あれこれ考えを巡らせていると、コンコン、と扉を叩く音が聞こえた。返事をすると、執務中のはずのレナードが顔を覗かせる。

「そろそろ休憩にしよう、アシュレイ。今日は午後からご家族がいらっしゃるだろう？　いつもより早めに昼食を済ませないと」

「あっ……そ、そうでした」

食事を知らせに来てくれただけなのに妙にどぎまぎしてしまい、アシュレイはぱっと視線を外した。急いで片づけて食堂に向かうつもりだったが、思いがけずレナードが作業室の中へ入ってきたので、ますます慌ててしまい片づけの手順が頭から吹き飛んでしまった。

「俺も手伝おう。なにをすればいい？」

「あ、あの、えっと」

「薬材はいつもの棚にしまうだけでいいんだよな？」

「は……はい。よろしくお願いします」

しどろもどろになりながらもなんとか返事をすると、レナードがクスッと笑い声を漏らした。微笑ましいものを見るように目許をゆるめるので、アシュレイは居たたまれなくなる。

使用済みのすり鉢や匙をまとめてたらいに突っ込み、上衣の袖を肘まで捲ると、アシュレイはレナードに背中を向けて使ったものを洗い始めた。視界にレナードが入らないようにしているのに、ドキドキと心臓が騒いで仕方ない。そんな自分にアシュレイは辟易《へきえき》していた。

(本当にどうかしてる……。片づけの指示すらまともにできなくなるなんて)

先週、第四王子主催の夜会から帰宅して以降、アシュレイの心と体は誤作動を起こした状態が続いていた。レナードが目に映るだけで胸が高鳴り、そばに寄られると頬が熱を持つ。以前はレナードと一緒にいると安心したのに、今はやたらと緊張してしまうため日常会話すらままならない。

レナードと家族になれたことを嬉しく思っていたのに、ファルコナー家の面々とは明らかに異なる反応を示している自分に、アシュレイは困惑していた。

悶々としながらも調薬道具を洗い終えたアシュレイは、最後に自分の手を清めるべくたらいの水を取り替えた。

「こちらはもう片づいたが、他にやることは?」

背後から声をかけられ、アシュレイは肩越しにレナードを振り返る。

「あとは手を洗えば終わりなので、大丈夫です」

片づけをするうちに、レナードが入室した直後のような動揺は薄れていき、いつもどおりに会話ができるようになってきた。そのことにほっとしつつ、木綿布巾《ふきん》を手に取り石鹸《せっけん》を泡立てていく。さっさと済ませてレナードと昼食を取ろう……そう思っていた。

しかしいつの間にか近づいていたレナードが、アシュレイのすぐ後ろに立ったことで、一度落ち着いたはずの鼓動が再び乱れてしまう。

「袖が落ちてきている。濡れるぞ」

アシュレイの背中に胸板が触れるほど身を寄せたレナードが、手を伸ばし上衣の袖を摘んだ。まるで背後から抱きしめられるような格好に、アシュレイは布巾を手に硬直する。顔に一気に熱が集まり、動揺のあまり瞬きもできない。

明らかに様子がおかしいアシュレイを意に介さず、レナードはくるくると袖を捲り直した。そのまま離れていくのかと思いきや、おもむろに白手袋を外し始める。

素手になったレナードはさらに体の密着を深め、たらいの中に手を沈めた。水中でアシュレイの手に自分の手を重ね、指を絡める。

「な、なに……」

「俺が洗おう」

掠れた声をなんとか絞り出したアシュレイに対し、レナードは端的な返事を寄越した。アシュレイから布巾を奪うと、ちゃぷちゃぷと水音を立てながら指先を丁寧に拭い始める。アシュレイはどうしたらいいのか分からず、彼の腕の中で俯いた。

（手を洗うことくらい、さすがに自分でできるのに）

恥ずかしくて頬が火照るのに、レナードの体温に包まれているのが嬉しくて、拒むことができない。レナードに対するアシュレイの態度が変わったように、レナードもまた、以前よりずっと近い距離でアシュレイを構うようになっていた。その際は決まって甘くむずがゆい空気が漂うので、アシュレイはどんな反応をすればいいのか分からなくなる。

レナードは熱心にアシュレイの指先を磨《みが》いたのち、その手をたらいから引き上げた。指紋に入り込んでいた緑色の汁が消え、すっかり綺麗になっている。

「どうだ？　任せてみるものだろう」

満足げな声が耳のすぐそばで聞こえた。アシュレイはぎこちなく首を捻り、背後にいる男を振り返る。端整な顔が思った以上に近くにあって、いよいよ心臓が止まってしまうのでは……と不安になるほど鼓動が跳ねた。

至近距離で視線がぶつかると、レナードが「ん？」と首を傾ける。余裕のある微笑みが腹立たしい。彼の一挙手一投足に、自分はこんなに翻弄されているというのに。

「僕のこと、子供扱いしてます……？」

もやもやした思いをぶつけたくて、アシュレイは眉間に皺を寄せ唇を尖らせる。頬の熱がいまだ冷めないせいで、照れ隠しなのは悟られているのだろうが。

レナードはおかしそうに肩を震わせたのち、アシュレイの体に腕を巻きつけた。そのまま後ろから深く抱きしめてくる。手を洗うという名目ではなく、今度は明らかな抱擁で、アシュレイは彼の腕の中で再び固まってしまう。

「子供扱いではなく、ただ大事にしているだけだ」

耳の裏に唇を寄せ、レナードが甘い声で囁く。アシュレイはうなじまで真っ赤に染めながら、されるがまま彼に身を預けた。


父とエメリーがグランヴィル邸を訪ねてきたのは、昼食を終えてしばらく経った頃だった。

アシュレイたちの婚姻は急な日程の中で行われたため、レナードはファルコナー家の面々についてほとんど知らない。そのため領主同士の交流も兼ねて、互いの領地を定期的に行き来しようという話になったのだ。今回はウォルトと母がファルコナー領に残り、父の代理として領地を管理しているが、そのうち彼らとレナードが顔を合わせる機会もあるだろう。

玄関先で出迎えたのち、レナードが二人を応接間へ案内する。正面の長椅子に座った父は、長旅を労《ねぎら》うレナードの言葉が途絶えた瞬間、間髪を入れず頭を下げた。

「ち、父上……！」

「婚姻の儀の前に、アシュレイの性別が現段階でベータであることをお伝えできず、大変申し訳ございませんでした。それでもなお、アシュレイとの結婚を継続していただき、感謝の念にたえません」

謝罪の言葉を述べる父の声は切迫していて、緊張の中この場に臨んだことが分かる。

故郷の家族に心配をかけないよう、結婚後もアシュレイは折に触れファルコナー家に手紙を送っていた。彼と親しくなってからの出来事を書いていたのだが、父は今もなお気に病んでいたらしい。

どうしたものかとアシュレイが頭を悩ませる中、隣に座ったレナードがおもむろに口を開く。

「頭を上げてください、ファルコナー伯爵。こちらこそ、大切なご子息を第二の性で指名するような礼儀知らずな求婚状を送ってしまい、申し訳ございませんでした」

レナードの口から謝罪の言葉が飛び出すとは思っていなかったらしく、父は困惑した様子でおずおずと顔を上げた。レナードはこちらにちらりと視線を寄越すと、膝に置いていたアシュレイの手をそっと握ってくる。

「アシュレイがベータだと知り、戸惑いがなかったと言えば嘘になります。しかし今となっては、聡明で思いやりがあり、どんな相手であっても凜《りん》とした姿を崩さないアシュレイが妻になってくれたことを、心から嬉しく思っています」

凪《な》いだ海のように穏やかな声音で、レナードは真摯《しんし》に言葉を紡ぐ。それは父や弟だけでなく、アシュレイの胸にも深く響いた。

レナードの手を握り返し、アシュレイは父をまっすぐ見つめる。作業室で手を握られたときはドキドキして仕方なかったのに、今は寄り添ってくれる彼の体温が心強かった。

「心配をおかけして申し訳ございません、父上。けれど僕はレナード様の妻になれて幸せです。この先もずっと、レナード様と手を取り合って生きていきます」

心の奥底から湧き上がった言葉に、偽りや誤魔化しはない。契約から始まった関係だが、アシュレイとレナードの間には家族の絆が生まれている。アシュレイはそう確信していた。

二ヵ月前とは明らかに様子が異なる二人に、父は瞬きもせずただただ唖然としている。状況を飲み込めずにいる様子の父を前に、アシュレイとレナードは顔を見合わせた。悪戯を仕掛ける直前のようにレナードが目を細めるので、アシュレイも左の口角をわずかに上げてみせる。

「まあ、嫁いできた当初のレナード様はそれはもう気難しくて大変でしたけどね！」

「元はと言えばアシュレイの嘘が原因だろう。お父上にこれほどご心配をかけて。反省してくれ」

「求婚状に『現時点でオメガであること』と明記していなかったじゃないですか」

「そうやって減らず口ばかり叩く」

「このくらい言い返せる奴じゃないと、あなたの妻は務まらないでしょう？」

遠慮のない態度で言葉の応酬を繰り返す二人に、父はぽかんとしていた。しかし次の瞬間、心底ほっとしたように破顔する。口許を手で隠し、くすくすと笑い声を漏らした父は、ひとしきり笑ったあと溜め込んでいた不安を吐き出すように息をついた。

「そうか。アシュレイはこの婚姻で、心を預けられる相手と結ばれることができたんだな」

アシュレイに向けられる眼差しには、もう不安の色はなかった。アシュレイとレナードの自然なやりとりを見て、二人が本当に信頼し合う関係になったことを悟ったのだろう。レナードと視線を交わし、アシュレイは表情を綻ばせる。

応接間に和やかな空気が満ちる中、ぐすっと鼻を啜《すす》る音が聞こえた。見れば、それまで三人の会話を黙って聞いていたエメリーが、大きな目からぽろぽろと涙をこぼしている。

「どっ……どうしたんだ？　エメリー」

アシュレイが長椅子から腰を浮かせてあたふたする中、エメリーは手の甲を目許に押し当て、肩を震わせてしゃくり上げた。

「よかった……アシュレイ兄さんが幸せになってて、本当によかった」

繊細な美貌をくしゃくしゃにして、エメリーは子供のように泣きじゃくる。絞り出すような台詞に、アシュレイは言葉を失った。

「アシュレイ兄さんは、ファルコナー領にいたときからずっとぼくを助けてくれてたでしょ。ぼく、アシュレイ兄さんみたいな優秀な薬師になれない自分が情けなくて……。それなのに、結婚までぼくの身代わりをさせてしまったこと、ずっと申し訳なく思ってた」

「エメリー……」

呆然と弟を見つめるアシュレイに対し、父が
「エメリーは料理人見習いのマーカスから求婚されたのだが、兄さんがつらい思いをしていないかを確認してからじゃないと結婚なんてできないと言って、返事を保留にしていたんだ」

と教えてくれた。

幼少期から可愛がってきた弟が、初めて打ち明けた本音に、アシュレイは胸が絞られるような心地

になった。彼が自分に対し引け目を感じていたことなど、ちっとも気づかなかった。レナードとの結婚によって、こんなふうに思い詰めさせていたことも。

涙を拭ったエメリーは、いまだ濡れる目をアシュレイに向ける。それから眉尻を下げ、屈託のない笑みを見せた。愛嬌があって、見た者の心を和ませる、アシュレイが大好きな笑顔だ。

「だからね、アシュレイ兄さんが公爵閣下と幸せになってくれたことが本当に嬉しい。すっかり遅くなっちゃったけど……結婚おめでとう」

自分の幸せを願ってくれる家族の優しさに、アシュレイもまた目頭が熱くなる。

レナードが繋いでいた手を解き、アシュレイの背中をさすってくれた。それでまた涙腺がゆるんでしまい、アシュレイは「まいったな」と苦笑を漏らした。昔からあまり泣かないほうだったのに、レナードと出会ってからというもの、自分でも知らない一面がどんどん顔を出すのだ。

「ありがとう。エメリーも好きな人と幸せになるんだよ」

健気な弟に、アシュレイはやわらかな微笑みを見せる。「うん」と頷いた弟は、世界で一番可愛い笑顔を見せてくれた。

青空の下、アシュレイはエメリーとともに庭園を歩いていた。屋敷の前に広がる広大な庭園は、庭師たちによって手入れされ、常に色とりどりの花が咲き誇っている。レナードと父は領地管理についての意見交換をしたいとのことで、応接間に残っていた。

エメリーと並んで談笑しながら、低木に咲く可憐《かれん》なアナベルを観賞する。たくさん泣いたせいでエメリーはまぶたが少し赤くなっているが、その横顔は晴れやかだった。

「さっきはびっくりしちゃったな。アシュレイ兄さん、公爵閣下と話してるときはとってもくつろいだ表情をしてたから。あんな顔、ファルコナー家にいたときですら見たことないよ」

後ろで手を組む格好でアナベルを観察しつつ、エメリーは上機嫌に語った。アシュレイは「そうかな」と肩を竦める。

「そうだよ。……アシュレイ兄さんはいつも優しいけど、どこか本音を隠している印象があった」

アシュレイを振り返らないまま、エメリーは少しばかり声を落として告げた。結婚して間もない頃、レナードからも同じ指摘をされたことを思い出し、アシュレイは申し訳ない気持ちになる。長年一緒に暮らした家族に対しても、自分は同じ態度を取っていたのか。

「……ごめん」

「いいよ。公爵閣下と手を取り合って笑うアシュレイ兄さんを見たら、全部吹き飛んじゃった。好きな人と結婚できるのは幸せなことだけど、結婚から始まる愛も素敵だなって思ったよ」

ぽつりと謝るアシュレイに、エメリーはようやく体の正面を向けた。目を細め、清々しい笑顔を見せる。自分とレナードの間にエメリーは愛情を感じ取ったのか……と思うと、照れくささが込み上げてきて、アシュレイははにかみながら頬を掻いた。

「まあ、家族愛は全部結婚から始まると思うんだけどさ」

「……ん？」

至極真っ当なことを言ったつもりだった。それなのにエメリーは怪訝《けげん》そうな反応で、アシュレイも思わず「え？」と聞き返してしまう。

「家族愛なの？　夫婦愛じゃなくて？」

「夫婦愛も家族愛も一緒だろう？」

「え……えええ……」

またもや予想していなかった反応をされ、アシュレイはいよいよ混乱した。エメリーは腕組みをし、うーん……と唸り声を漏らしながら難しい顔をする。

「アシュレイ兄さん、頭の回転が速くて頼りになる人だと思ってたんだけど……意外だな～。こういう面では鈍感なのかあ。公爵閣下も大変だ……」

ブツブツと独り言を漏らすエメリーに、そういえば第四王子も似たような発言をしていたな、と夜会での記憶が蘇る。

一体どういう意味かと尋ねようとした瞬間、どこからか悲鳴のような声があがった。焦った様子で誰かの名前を呼ぶ、高齢の男性の声。アシュレイとエメリーは困惑の表情を浮かべ、声が聞こえたほうへ向かおうとした。

直後に、たらいをひっくり返したような激しい雨が降ってくる。驚いて顔を上げれば、晴天だったはずの空を分厚い雲が覆っていた。

「エメリーは急いで先に戻って！」

グランヴィル邸を指差し、アシュレイは雨音に負けないよう声を張り上げる。

「アシュレイ兄さんは!?」

「僕は声の主の様子を確認してから追いかける！」

行って、とエメリーを急《せ》かし、アシュレイはすぐさま駆け出した。

強烈な雨があっという間に全身を濡らし、髪や衣服が肌にまとわりつく。確かこっちから聞こえたはず……と記憶を頼りに走っていると、雨音に混じって先ほどと同じ声が聞こえてきた。敷地を囲う塀《へい》のそばで、庭師の男が地面に膝をつき、誰かの名前を呼んでいる姿が目に留まる。

そのとき、アシュレイの鼻腔《びこう》を奇妙な香りがくすぐった。ほんのりと甘く、けれど独特な刺激もある、香草を煮立てたような香り。声の主が近づくにつれ、その香りも強くなっていく。

「どうしたの!?」

アシュレイの声に気づき、庭師が勢いよく振り返った。グランヴィル邸の庭園を仕切る熟練庭師のそばには、年若い庭師見習いが蹲《うずくま》っている。

「仕事をしていたら弟子がいきなり倒れたんです。膝から崩れ落ちたと思ったら、前屈みになって蹲り、そこからずっと苦しそうで……」

熟練庭師は狼狽しながらも懸命に説明してくれた。

アシュレイが庭師見習いの隣に屈み込むと、襟元から覗くオメガ用の首輪が目に入った。背中が忙《せわ》しなく上下し、呼吸が乱れていることが分かる。アシュレイがそっと肩をつかむと、それだけでビクッと身を跳ねさせた。

「大丈夫？　一体どうし……」

庭師見習いの上体を起こして顔色を確認したアシュレイは、途中まで出かかった言葉を呑み込んだ。ぐったりとアシュレイにもたれかかる彼は、全身を火照らせ虚《うつ》ろな目をしていた。さっと下腹部に目をやると、前掛けの上からでも中心が膨らんでいることが分かる。

（間違いない。オメガの発情だ）

そう確信したアシュレイは、上着を脱いで彼の下肢を覆い、すぐさま熟練庭師に顔を向けた。

「庭師が発情しているとレナード様に伝えて。僕は彼を連れて中庭から屋敷に入るから、そのことも。アルファを中庭から遠ざけなきゃ」

アシュレイの指示に、熟練庭師は固い表情で「承知しました」と答えた。そのまま屋敷へ駆けていく。彼の背中を見送りながら、アシュレイは庭師見習いを助け起こした。背中に腕を回し、発情のせいで力が抜け、足元が覚束《おぼつか》ない状態の彼を支える。

「発情抑制剤は飲んでいたんだよね？　体調不良による突発的な発情？」

庭師見習いとともに屋敷を目指しつつ、アシュレイは問う。

「薬は毎日服用していましたし、今朝は体調も問題ありませんでした。剪定《せんてい》の最中に、花のものとは明らかに違う妙な香りがしたと思ったら、急に体が熱くなって……」

庭師見習いは息を乱しながら答えた。妙な香りというのは、アシュレイが嗅いだものと同じだろうか。発情との因果関係は分からないが、嫌な予感がした。

屋敷へ急ぐべく歩を進めるうちに、反対方向から誰かが駆けてくるのが見えた。雨はいまだ激しく降り続け、濡れた前髪と睫毛に載った雨粒のせいで前が見えづらい。

熟練庭師の話を聞き、ベータの従者が駆けつけてくれたのだろう。そう考えていたアシュレイだが、相手の姿が確認できるくらいに距離が近づいたところで、はっと息を呑んだ。

雨に濡れることも厭《いと》わず走ってきたのは、アシュレイの夫——レナードだった。

「アシュレイ！　なにがあったんだ⁉」

雨音の中、彼の叫び声が耳に届く。恐らく、熟練庭師が屋敷へたどり着くのと入れ違いになったのだろう。庭園であがった声と、アシュレイがそれを確認しに行ったことをエメリーから聞かされ、心配して屋敷を飛び出してきたに違いない。

「レナード様！　こちらに来ては駄目です！」

アシュレイが大声を張り上げると、レナードの足が止まる。間に合ったか……とアシュレイは気を抜きかけたが、そうではないことにすぐに気づいた。鼻と口を手で覆ったレナードが、ぐらりと体をよろめかせたのだ。

オメガの誘惑香を嗅いでしまったのだと察し、アシュレイは一気に血の気が引いた。しかし、動揺している暇などなかった。こちらを睨みつけるように鋭い眼差しを寄越したレナードは、一瞬の間ののち、アシュレイたちに向かって駆け出した。

庭師見習いをその場に残し、アシュレイもすぐさま地面を蹴った。あっという間に距離を詰めてきたレナードが、オメガに手を伸ばすより先に、正面から彼の体を受け止める。

「いけません、レナード様！」

彼の胴に抱きつく格好で、アシュレイは懸命にレナードを制止した。しかしレナードはアシュレイを振り切ろうとがむしゃらに暴れる。オメガを求めるアルファの本能は凄《すさ》まじく、その抵抗の激しさに今にも拘束が解かれてしまいそうだった。

レナードの体に必死でしがみつきながら、彼の両手に残る痛々しい傷跡をアシュレイは思い出していた。オメガを傷つけるくらいなら自分が傷つくほうがましだと、レナードが自ら噛みついた跡。

彼の心にこれ以上、傷を残したくない。

「お願い、やめて！　レナード様！」

レナードを見上げ、アシュレイは喉が嗄《か》れるほど声を張り上げる。欲望に支配され、爛々《らんらん》と底光りする紫色の目に、一瞬だけアシュレイが映った気がした。

次の瞬間、レナードの体がビクリと跳ねた。滅茶苦茶な抵抗が唐突に止《や》む。

脱力したレナードがのしかかってくると同時に、その陰から姿を覗かせたのは、応接間に残っていたはずの父だった。手には、肌に押し当てて針を刺す形状の皮下注射器が握られている。

「アルファ用の緊急特効薬を打った。アシュレイは公爵閣下を連れて屋敷へ戻りなさい。私はオメガの彼を連れていく」

険しい表情で告げ、父は懐からさらに皮下注射器を取り出した。こちらはオメガ用の緊急特効薬だろう。発情状態を鎮め、放出する誘惑香を最小限に抑えてくれるものだ。

オメガの母と番関係にある父は、他のオメガの誘惑香を感知しない。レナードが屋敷を飛び出したあと、熟練庭師がやって来て事情を説明したため、「これはまずい」と思いすぐにレナードを追いかけた……と父は教えてくれた。

「暴力的な欲望は特効薬で抑えられたが、誘惑香への反応が完全に消えるまで数時間は苦しむはずだ。人が来ない場所にある個室で、ゆっくり休ませてあげなさい」

父の冷静な指示に、アシュレイは無言で首肯する。頭上に薄暗い雨雲が広がる中、ぐったりしたレナードの体を支え、屋敷に向かって歩き出した。


屋敷の西側にある予備の部屋は、寝台と小さな卓があるだけの簡素な空間だった。アシュレイは従者たちに手伝ってもらいながらそこへレナードを運び、濡れた衣服を着替えさせた。人目につかない場所だから問題ないだろうと、白手袋も外してしまう。

それから一度自室に戻り、自分も衣服を取り替えてから再度レナードのもとへ向かった。濡れた髪を拭いてあげないと風邪を引きかねないし、水分を摂《と》らせる必要もある。

「アシュレイです。入りますよ」

水入れ容器を抱えながら扉に向かって声をかけたものの、レナードの返事はなかった。施錠はされていなかったため、取っ手を捻って中へ入る。

すでに眠っているのかと思いきや、薄暗い部屋の中でレナードは床に蹲っていた。窓帷を閉めるために立ち上がったものの、寝台に戻る前に力尽きてしまったらしい。壁際に設置された卓の上に水入れを置くと、アシュレイはすぐさま彼へ駆け寄った。

「レナード様、寝台へ移動しましょう。ここにいては体を痛めてしまいます」

アシュレイは広い背中に腕を回し、レナードの上体を助け起こした。華奢なオメガとは違い、体格に恵まれたアルファを一人で運ぶのはなかなかの重労働だ。それでもなんとか床に立たせると、レナードが力の入らない手でアシュレイを押しやろうとする。

「一人で平気だ……部屋を出ていろ……」

「そんなわけにはいかないでしょう。歩くことすらままならないんですよ」

ふらつくレナードの体を支えながら、アシュレイは懸命に寝台を目指した。体を密着させると、レナードの体温の高さが伝わってくる。

雨に濡れた衣服は脱がせたのに、びっしょりと汗をかいているせいで上衣は湿っていた。下衣の中心が膨らみ、内側から布地を押し上げていて、アシュレイは居たたまれない思いで視線を逸らす。

（発情に当てられたアルファを目《ま》の当たりにするのは初めてだ……）

庭師見習いのオメガも同じ状態になっていたことを思い出し、アシュレイは胸が詰まるような息苦しさを覚えた。

ようやく目的の場所へたどり着くと、アシュレイに促されるままレナードは寝台に転がった。アシュレイは意識して下肢を視界に入れないようにしつつ、仰向けになった彼の襟元に手を伸ばす。

「少し釦を開けましょうか。まだ汗をかきそうですし、着替えはもう少ししてからで大丈夫ですかね？」

なぜこれほど胸がざわめくのか、アシュレイ自身よく分からない。平静を装い、レナードの上衣の釦を外していく。少しでも息苦しさが軽減すればいいと考えたのだが、二つ目の釦を外したところで、突然手首をつかまれた。

強い力で引っ張られ、アシュレイは訳も分からぬまま寝台へ転がされた。視界が反転し、目の前に天井が広がる。けれど間を置かずレナードが覆い被さってきたため、それもすぐに見えなくなった。

「レナ……ッ」

混乱の中、レナードの名前を呼ぼうとした唇が、彼の唇によって塞がれる。目の前に端整な顔があって、キスをされているのだと悟った。結婚初日にした儀礼的なキス以降、彼から口付けられるのはこれが初めてだった。

誘惑香の影響で、いまだ強烈な性欲に苛まれているのだろう。ただ触れ合わせるだけだった初夜のキスとは違い、レナードは角度を変えながらアシュレイの唇を何度も啄《ついば》んだ。中央の割れ目を舌先で舐められ、アシュレイはビクッと身を跳ねさせる。動揺で口が開いた瞬間、すかさずレナードが舌を捻《ね》じ込んできた。

唇を深く嚙み合わせ、レナードはアシュレイのそれを深く貪《むさぼ》る。肉厚な舌で頰の裏側を擦り、上顎をくすぐって、ねっとりと歯列をたどる。舌を搦《から》め取られきつく吸いつかれると、体の芯までビリビリと痺《しび》れるような感覚に陥った。

「んっ……ふ、ぅんん……っ！」

初めて味わう感触にアシュレイは驚き、咄嗟にレナードの胸に腕をつき拒もうとする。けれどレナードはその手首をつかむと、アシュレイの顔の横に押しつけた。乱暴なキスはなおも続き、アシュレイは唇の端から唾液を垂らして息苦しさに喘ぐ。

レナードは全身を使ってアシュレイを寝台に縫い留めると、執拗《しつよう》なキスを続けながら体をまさぐった。衣服の上から大きな手のひらで脇腹を撫でられ、腰をくすぐられ、臀部《でんぶ》を揉《も》まれる。

「ん……ッ」

オメガ変転のために行う性交とはまったく異なる、荒々しく余裕のない愛撫にアシュレイは吐息を濡らした。無我夢中で求められる悦《よろこ》びに体の芯が震える。下衣越しに張りつめた雄を押しつけられると、そこが切なく疼《うず》いてしまい、アシュレイは堪らず喉を反らした。

けれどそうやって彼の昂《たか》ぶりを感じるたびに、興奮と同じくらいの虚しさを覚えた。レナードがどれほど劣情を抱いたとしても、それは自分に向けられたものではない。オメガに種付けをしようというアルファの本能から来るものだ。

寂しくて、苦しくて、それなのに気持ちよくて、心と体がどんどん乖離《かいり》していく。

オメガであればきっと、興奮するアルファに煽《あお》られ、自ら誘惑香を放っていただろう。そうすれば彼の本能の矛先は自分に向かう。けれどいまだベータの体の自分では、どうあがいても彼が発情する理由を上書きできない。

(アルファとオメガが本能で求め合う中、ベータはいつも蚊帳《かや》の外だ)

胸に鈍い痛みが走り、アシュレイはぎゅっと目を瞑った。すると、それまで好き勝手に触れていた手が唐突に動きを止める。

自分にのしかかる男を、アシュレイは恐る恐る見上げた。直後、息苦しさを覚えるほど胸が高鳴る。額に玉の汗を浮かべたレナードは、頬を紅潮させながら、紫色の双眸にアシュレイだけを映していた。

「アシュレイ……ッ」

掠れた声で名前を呼ばれ、全身で抱きしめられる。縋るような抱擁に、アシュレイの体は隅々まで満たされていく。アシュレイもレナードの背中に腕を回し、普段よりも高い体温を味わう。

彼にきちんと認識されている。そのうえで自分を求めてくれている。

そう思ったら心が歓喜に沸いた。

しばし彼の腕の中にいたアシュレイは、逡巡ののち厚い胸板をそっと押した。レナードの頬を両手で包み、近距離で見つめ合う。しっとりと湿った空気が二人の間にこもっていた。

「レナード様……抱いてください」

興奮と喜びで潤んだ目を彼に向け、アシュレイは切なく声を震わせた。誘惑香の影響でまだ意識がはっきりとしていないらしく、レナードはぼんやりとアシュレイを見つめている。

そんなレナードの頭を引き寄せ、アシュレイは彼に口付けた。

「僕は発情によって理性をなくしているわけじゃありません。僕自身が望んだうえで、レナード様に抱かれたいと思っています。……だから、あなたが悪いことなんて一つもない」

相手が望んでいないのに、強引に抱いたわけではない。それだけはレナードに分かっていてほしかった。これは理性を失った末の事故ではなく、アシュレイが望んだ情事なのだと。

アシュレイの言葉に、レナードがぐっと奥歯を噛みしめる様子を見せた。眉間に皺を寄せ、葛藤するように押し黙ったものの、やがて荒々しく覆い被さってくる。再び唇を奪われ、口腔を蹂躙《じゅうりん》されて、アシュレイは体の内側から湧き上がる悦びに陶然《とうぜん》とした。

アシュレイの下衣を膝まで引き下げたレナードは、そのまま腰をつかみアシュレイの体を反転させた。尻だけを高く上げる体勢を取らせると、肉を左右に開く。内股に熱い息がかかり、アシュレイが身を竦めたのと同時に、閉じた蕾に舌を捻じ込まれた。

「ひぁ……っ」

アシュレイは堪らず高い声をあげ、目の前に広がる敷布《シーツ》に縋る。

後孔の浅い部分をぬめった感触が出入りする。今までの閨でも経験がない行為に、アシュレイはひどい羞恥を覚え頬を燃やした。舌を尖らせて蕾を犯し、ぐちゅぐちゅと卑猥《ひわい》な音を立てて前後左右に動かしながら、レナードはアシュレイの孔《あな》を濡らしていく。

やがて臀部から顔を離したレナードは、上体を起こし下衣の前をくつろげた。そこから力強く上向いた性器が現れる。まだ触れていないのに固く張りつめたそれは、オメガの誘惑香に反応しただけに過ぎない。

それでもいい。彼に抱かれたかった。オメガ変転のための作業とは違う情事がしたかった。

中途半端に衣服を乱したままうつ伏せになったアシュレイに、レナードが覆い被さってくる。蕾に切っ先が宛がわれ、アシュレイはごくりと喉を鳴らした。唾液で濡らされてはいるものの、そこはまだろくに解されていない。愛液の出ないベータの体では滑りが足りず、中が傷ついてしまうだろう。

初夜で覚えた痛みが脳裏に蘇り、アシュレイは怯える表情が見えないよう顔を伏せた。アシュレイのうなじにレナードが唇を寄せ、何度か吸いついたのちそこに歯を当てた。

(僕のことを、オメガだと勘違いしているのかな……)

薄暗い感情が奔流のように押し寄せ、悲しみの海にアシュレイを連れ去ろうとする。それでもアシュレイは懸命に心を殺し、すべてを受け入れようとした。痛みも苦しみも、彼から与えられるものはなにもかも全部。

うなじに歯を突き立てられる痛み。あるいは、後孔を強引に貫かれる痛み。それらを覚悟して、アシュレイは敷布をきつく握りしめ、固く目を瞑った。

しかし、予想していた苦痛がもたらされることはなかった。うなじから歯の感触が遠退くと同時に、同じ場所を大きな手のひらで覆われる。直後、ガリッという嫌な音がそこから聞こえてきた。

「ぐ……っ」

レナードが低い呻き声を漏らし脱力する。全身で押しつぶされ、アシュレイは息苦しさに顔を顰めた。しかし、首筋に生温かい雫《しずく》が落ちてきたことで一気に頭が冷える。

白い敷布にぽたりと滴《したた》る赤い液体。それは、レナードの手から垂れた血だった。

慌てて体を反転させたアシュレイは、レナードが左手で右の手首を握り、苦しげに眉を寄せる姿を目の当たりにした。レナードの右手の甲には新たな噛み跡が増えていて、真新しい傷には痛々しく血が滲んでいる。

理性を取り戻すため、レナードは自分で自分を噛んだのだ。貴族のオメガたちに襲われたときと同様に、アシュレイに乱暴を働かないよう自分を傷つけることを選んだ。

「……出て行ってくれ。俺が正気に戻っているうちに」

呆然とするアシュレイに対し、レナードが絞り出すように告げる。そのまま身を引く彼を見て、アシュレイは一拍ののち慌てて上体を起こした。寝台に膝をつき、レナードを引き留めようとする。

「ま……待ってください。僕は強引に抱かれたんじゃない。むしろ僕が望んで……」

「俺が嫌なんだ！」

すべてを言い切る前に荒々しい声で拒絶され、アシュレイは伸ばしかけた手をビクリと跳ねさせた。

淡々と威圧的な怒り方をすることはあっても、レナードがこんなふうに声を荒げたのは初めてだった。

室内にこもっていた熱は消え失せ、二人を包む空気がすうっと冷えていく。

へたり込むように寝台に腰を落としたレナードは、立てた右膝の上に腕を載せて深くうなだれた。

「他のオメガの誘惑香に当てられた状態で、アシュレイを抱くなんてことはしたくない。……頼む。俺に、君を大切にさせてくれ……」

弱々しい拒絶の言葉に、アシュレイはざっくりと胸を裂かれたような心地がした。拒まれたことがつらかったのではない。レナードを悔やませたことがつらかった。本能に支配され、アシュレイにひどいことをしたと、彼にそう思わせてしまったことが。

膝の辺りにまとわりついていた下衣を引き上げると、アシュレイはよろめきながら寝台を下りた。そのまま足を引きずるようにして客室をあとにする。

廊下に出て扉を閉めた瞬間に感じたのは、重苦しいほどの虚無感と自己嫌悪だった。彼の気持ちなど考えず一方的に迫って、その結果彼の心と体に傷を負わせた。結局自分がしたことは、彼に迫ったオメガたちとなにも変わらない。

彼の手に増えた傷を思い出すだけで、胸がじくじくと膿《う》むように痛む。扉に手を置いたアシュレイは、そのすぐ横に額をつけ、今も中で苦しんでいるはずのレナードを想った。

ゆらゆらと爪先を揺らしながら、アシュレイは心地のよい浮遊感に包まれていた。夢を見ているのか、それとも現実なのかはっきりとしない、雲の中にいるような不思議な感覚。

それが、横抱きにされて寝室へ運ばれる途中の体感だと察したのは、目の前に見慣れた天井が広がったときだった。気づけばアシュレイは寝台に身を横たえていて、床に膝をついたレナードが、しまったとばかりに肩を竦めてみせる。

「寝台に下ろした拍子に起こしてしまったか。夕食の支度もまだ終わっていないようだし、もう少しゆっくりしていても構わないぞ」

夕食、という言葉にアシュレイは目を瞬かせ、視線を斜め上に向けた。窓から差し込む日は随分西へ傾いたらしく、天井が橙色に染まっている。レナードは最後に見たものとは違う上衣を身にまとっていて、再び着替えたことがうかがえた。

(確かに、汗でぐっしょり濡れてたもんな……)

と、そこまで考えを巡らせたところで、レナードは勢いよく上体を起こした。

「体調は大丈夫なんですか？」

「ああ。義父上が処置してくだった特効薬のおかげで、誘惑香の効果はすっかり消えた。アシュレイのご家族は宿へ泊まることにされたのだろう？　侍従長から聞いた。我が家の客室に宿泊していただく予定だったのに、すまなかったな」

苦笑するレナードに、アシュレイは「いえ、それは全然……」と慌ててかぶりを振った。

庭師見習いへの処置を終えたあと、父とエメリーは侍従長が手配した宿へ向かった。家に客人がいてはレナードがゆっくり休めないだろう、という父の配慮により、予定を急遽《きゅうきょ》変更したのだ。アシュレイがレナードのいる客室を出たあとの話だった。

立ち膝の体勢のまま、レナードがまじまじとアシュレイを見る。それから右手を伸ばしてきて、労《いたわ》るような仕草でアシュレイの頬を撫でた。

「……ご家族を見送ったあとは、俺が目を覚ますまでの三時間ほど、ずっと部屋の前にいたんだろう？　扉を開けた瞬間、膝を抱えてぐったりと伏せるアシュレイが見えたときは肝が冷えた」

レナードが言うとおり、アシュレイは客室の前に座り、彼が目覚めるのをひたすら待っていた。心配した従者たちが定期的に「他のお部屋でお待ちしましょう」と声をかけてきたが、アシュレイは一向に首を縦に振らなかった。同じ空間にいることは叶わなくとも、少しでもレナードのそばにいたかったから。

体勢を変えずに座り続けていたせいで疲れが溜まり、いつの間にか眠ってしまったところを、レナードに発見されて寝室へ運ばれた……という流れらしい。

アシュレイに触れる手は包帯が巻かれていた。自分のせいで負った怪我に胸が痛む。アシュレイは「あの……」と話を切り出そうとしたが、それより先にレナードが口を開いた。

「申し訳なかった。たった一度本音を打ち明けてもらっただけで、俺はアシュレイのすべてを理解した気になっていた」

「……え……？」

話の脈絡が読めず、アシュレイは困惑する。レナードは気まずそうに視線を落とし、なおも続けた。

「俺の役に立とうとしてくれたんだろう？　妻だから夫を助けなくてはと、そう考えて俺に身を委ねようとしたんだよな。……そんなふうに思わせてしまった自分が腹立たしかった。アシュレイはもう、俺のすべてを信頼してくれている……そう思い上がっていた」

沈んだ表情で語るレナードに、アシュレイは愕然《がくぜん》とした。「抱いて」と懇願したことを、レナードは不安から来る献身だと思っていたのだ。

自分に価値がないと思い込み、大切な人からの変わらぬ愛を求めて、アシュレイは「役に立つ人間」であろうとし続けた。そんな事情を知っていたために、レナードは今回の件も同じ理由から来る行動だと考えている。

レナードの中のアシュレイは、いまだ夫を信頼しきれぬ妻のままなのだ。

「違います。そうじゃなくて、僕は……っ」

前のめりになって否定しようとして、けれどアシュレイは言葉を詰まらせた。口をついて出ようとした台詞が、あまりに身勝手なものだと気づいてしまったから。

妻として夫を助けねばなどと、殊勝な気持ちに突き動かされたわけではない。ただ自分がつらかっただけだ。レナードが他のオメガの誘惑香に当てられた姿を見るのが苦しかった。他の誰かを想って自慰に耽るくらいなら、自分を抱いて欲望を発散してほしいと思ったのだ。

胸に渦巻く薄暗い感情の名前を、アシュレイはようやく悟る。

（――……これは嫉妬だ）

自分以外の相手に欲情しないでほしいという、身勝手な嫉妬。

以前であれば、オメガの誘惑香に当てられたアルファの生理現象に対し、もっと冷静に対処できた。自分の意思とは関係なく体が反応してしまうのは、生き物としての本能だから仕方のないことだ、と。

けれど今は感情がそれを邪魔する。レナードに対するアシュレイの気持ちが変化してしまったから。

（話しかけられるだけで胸が高鳴って、抱きしめられると全身が熱くなって、他の人に欲情してほしくなくて……そんなのもう、家族愛なんて言葉に収まらない）

いつの間にか、アシュレイはレナードに恋をしていた。

互いの利益のための契約夫婦から始まり、同じ目的を持つ同志へと変わって、最後には心を預け合う家族になった。それが終着点だと思っていたのに、実際にはさらに先があったのだ。

けれど……と、アシュレイはレナードの右手に巻かれた包帯を盗み見る。

（言えるはずがない。「あなたが好きだから抱いてほしかった」……なんて）

レナードが今まで幾度となくオメガに迫られた結果、心に傷を負ったことをアシュレイは知っていた。彼らと同じ行為をしておきながら、自分だけは許してもらえると考えるのはあまりに傲慢《ごうまん》だ。

「助けたかった」という理由のほうがまだ通用するだろう。

固い表情で押し黙るアシュレイを見つめ、レナードがおもむろに腰を上げる。寝台の端に腰かけてアシュレイの両頬に手を添え、自分のほうへ引き寄せた。

「……大丈夫だ、アシュレイ。自分を犠牲にしてまで俺に尽くさなくていい。そんなことをしなくても君を嫌ったりしない。少しずつでいいから俺を信じてくれ」

互いの額を合わせ、アシュレイにのみ聞こえる音量でレナードが囁く。それから至近距離でアシュレイを見つめると、顔の位置をずらしアシュレイの目許に口付けた。壊れ物に触れるような、繊細で慈愛に満ちたキスに、アシュレイは喜びと罪悪感が一緒になった複雑な感情を抱く。

(……ごめんなさい)

僕はもうあなたを信じていると伝えられなくて。あなたに、そんな寂しそうな顔をさせて。

愛されるために努力するのではなく、愛されるために己の醜さを隠す。一見すると今までの生き方と似ているようだが、実はまったく異なるそれは、恋を知って初めて直面した己のずるさだった。


グランヴィル邸で発生した、オメガの突発的な発情。それが不運な事故ではなく、人為的に起こされた事件だと判明したのは、数日経ったあとのことだった。

奇妙な香りがしたという庭師見習いの証言から、屋敷の敷地やその周辺をくまなく調査したところ、彼が倒れていた場所の近くで奇妙なものが見つかった。わずかな灰と使いかけの練香《ねりこう》だ。

グランヴィル領に滞在していた父を呼び寄せ、アシュレイと二人でその成分を解析したところ、違法に調合された発情誘発剤が練り込まれていたことが分かった。

練香は、香炉で温めた灰に乗せて焚《た》くことで、周囲に香りを漂わせる香具だ。さらに調べてみると、練香が落ちていた場所のそばに塀の下を浅く掘った形跡があった。

穴を掘って隙間を作り、塀の外側から香炉を差し入れて庭園に発情抑制剤の匂いを送ったのだろう。使用後に香炉を引き抜いたものの、灰と練香は塀の内側に落ちてしまい回収できなかった……といったところだろうか。

オメガに同意なく発情誘発剤を使用することは罪に問われる。ましてや相手が公爵家ともなれば、家門に対する敵意と見なされより重い処分を下されるのだ。そんな危険を冒してまで、公爵家の従者に発情誘発剤を仕掛けたのは一体誰なのか。

この件については王家とグランヴィル家が協力し、秘密裏に調べることになった。発情誘発剤の出所や違法な薬品使用の噂、グランヴィル家と関わりがある貴族の動向に、オメガの不審な発情……。領主としての通常の執務と並行してそれらの調査を行うため、多忙を極めたレナードは家を空ける時間が増えていった。

この日も遠方での会合のため、レナードは朝から出立準備に追われていた。アシュレイは寝室で身支度を整えるレナードの背後に立ち、彼に上着を着せる。

襟元を整えながら、レナードがアシュレイを振り返った。

「会合の内容や天候によって左右はされるが、おおよそ四日ほどで帰宅できるはずだ。どんなに遅くとも、一週間以上は間が空かないよう注意する」

「せっかく今まで頑張ってきたのに、オメガ変転薬の効果が切れては意味がないですからね」

変転薬を飲み始めてからもうすぐ二ヵ月半が経過しようとしていた。定期的な服薬とレナードとの性交を続けた結果、アシュレイの体は着実にオメガへと変わりつつある。

活動量が減ったわけでもないのに、徐々に筋肉が落ちてきたせいか、全体的に線の細い体になってきた。それに加え微かな誘惑香を放ち始めたらしく、レナードが首筋に顔を埋《うず》めた際、「うっすら甘く香っている」と報告してくる。あと一つは……子宮の形成と性感の高まりに伴い、少しずつ後孔から愛液が出るようになってきたこと。

まだ兆候はないものの、初めての発情を迎えれば、アシュレイはオメガ変転を完遂する。

心得顔で返したアシュレイだったが、唇を結んだレナードは、今一つ納得できないような顔をした。アシュレイの腰に腕を回し、ゆったりとした動作で引き寄せる。急に体が傾いたので、アシュレイは縋る場所を求めレナードの胸に手を置いた。

「一週間以上アシュレイの顔を見られないのが嫌なんだ」

勘違いをされては困るとばかりに、レナードはどこか拗《す》ねた口振りで発言を正す。けれどすぐに甘く微笑むので、アシュレイはじわりと頬が赤らむのを感じ視線をさまよわせた。胸がとくとくと音を立て、それ以上なにも言えなくなる。

至近距離からアシュレイを見つめていた男が、その端整な顔をゆっくりと寄せてくる。アシュレイは思わず喉を鳴らしつつ、まぶたを伏せて彼に応えた。間を置かず唇にやわらかな感触が重なる。

レナードは表面に軽く吸いついてアシュレイの唇を味わい、角度を変えてもう一度啄んだ。決して深いキスではないのに、気持ちがよくて意識が蕩《とろ》けていく。何度か口付けを交わし、唇が離れていく頃には吐息が熱を持っていた。

「そんな可愛い顔をされると、離れがたくなってしまうな……」

とろんとした目でレナードの唇を見つめるアシュレイに、彼はまるで内緒話をするような声音で囁く。力強い双眸には確かな情愛が滲んでいて、アシュレイはなにを言えばいいのか分からず、誤魔化すように俯いてしまう。

けれどレナードは決してアシュレイの言葉を求めなかった。頬に優しく口付けたのち、そっと身を離す。

「俺がいない間、領地と屋敷の管理を頼む。だが、決して一人で背負い込みすぎないように。従者たちや文官も力を貸してくれるはずだから、きちんと周りを頼れ」

最後は表情を引きしめ、領主として告げてレナードは身を離した。扉に向かい、「行くぞ」とアシュレイを促す。従者たちとともに玄関前でレナードを見送ってしまえば、あとは数日離れて過ごすことになるのだ。

（離れたくないのは僕も同じだ。本当はずっとレナード様のそばにいたい。……寂しい）

そう素直に言えればいいのに、言葉はいつも喉の奥に詰まってしまう。レナードへの恋情を自覚してから二週間が経つが、アシュレイはその想いを彼に伝えられずにいた。

レナードの気持ちが分からず臆病になっているわけではない。庭師見習いの発情騒動があってから……いや、その前から、レナードは明確な愛情表現をしてくれている。溺れるほど甘やかされ、愛《いと》しげな視線を注がれ、密な触れ合いをしてくるのに、彼の想いを無視できるほど愚かではない。

レナードは自分を愛してくれている。同じ目的を持つ同志としてではなく、血の繋がった家族とも異なる、夫婦としての愛情を向けられていることをアシュレイは確信していた。

そのことを嬉しく思うし、自分もまた同じ気持ちをレナードに抱いている。にもかかわらず、アシュレイはいまだレナードに愛を伝えられずにいた。

初めての恋に翻弄された結果、嫉妬に苛まれて暴走し、彼を傷つけてしまったことは記憶に新しい。同じ失敗を繰り返してはいけないという思いが、重石《おもし》となってアシュレイの心にのしかかり、言動の一つ一つに迷いが生まれてしまうのだ。

（レナード様はそのことに気づいていない。僕がもやもやとした気持ちを抱えていることは察しているみたいだけど、レナード様を信頼しきれていないことが原因だと思ってる）

だからこそレナードは明確な愛情表現をしてくれるのだろう。アシュレイがレナードの愛を信じ、心を開くのを待ってくれているのだ。

惜しみない愛をもらっておきながら、素直な気持ちを伝え、彼を安心させられない自分に腹が立つ。けれど、物心ついた頃から居座ってきた臆病さが大切な場面で足に絡みつき、いまだアシュレイの心を停滞させていた。

その日の午後、アシュレイは従者と護衛を従え、人で賑わう中心街を歩いていた。

従者が抱えている革袋には、数種類の薬草や木の根、乾燥させたキノコが詰まっている。複数の薬材店を歩き回り、アシュレイが購入したものだ。馬車を降りて見て回る時間が長かったから、自衛のため、公爵夫人とは分からないよう帽子を被って変装している。

オメガの誘惑香から身を守ることを目的とした、アルファのための抑制剤を作る。レナードと出会ったことで得た目標を実現するべく、アシュレイは執務の合間を縫って日々研究に勤しんでいた。

その際に役立っているのが、薬師を務める中で得た経験だった。

オメガの誘惑香がアルファに作用する仕組みや、アルファ用の緊急特効薬の調合方法。それらの知識は、有効な薬材の目星をつけるうえで活用されていた。免疫異常の症状がある患者への対処法も、効果的な内服薬を生み出すうえで参考になるかもしれない。

弟たちを守るために選んだ仕事が、巡り巡って自分のためになっていることを、アシュレイは実感していた。

(レナード様からファルコナー家に求婚状が届いたときは、大変な事態になったと頭を抱えていたのに。まさかこんな未来に繋がるなんて思ってもみなかったな)

懐かしい記憶が蘇り、アシュレイは知らず笑みをこぼす。

そうやって、グランヴィル邸を目指し中心街を歩いているうちに、見慣れぬ光景が目に飛び込んできた。普段は様々な屋台が並んでいる通りに、今日は十名ほどの修道士が立っている。彼らの目の前には長卓が並び、やって来た人々に果物や丸パンといった食べ物を手渡していた。

困窮《こんきゅう》した人々に向け料理や生活用品を提供するのは、修道士の慈善活動としては一般的だ。しかし、そういった人々への支援に力を入れているグランヴィル領では、修道院が主体となって支援物資の配布を行うことはほとんどない。街の清掃や慰問、孤児の養育といった活動が主となっていた。

（グランヴィル領の中央部は、王国内で考えても生活水準が高い地域なのに、彼らがわざわざ食糧支援をする必要があるか……？）

実際、支援品を受け取っているのは、買い物帰りの夫人たちが中心だった。本当に必要としている人の手に渡っているようには見えない。

従者と護衛に目配せをして、アシュレイは彼らのもとへ向かった。その道すがら、あえて帽子を外し顔を晒して歩く。狙いどおり、通行人はアシュレイを見てぎょっとし、「公爵夫人がいらしているぞ！」と驚きの声をあげた。

なにかしらの後ろめたさがあるなら、領主の妻を見て逃げ出そうとするだろう。そう考えての行動だったが、彼らは顔色一つ変えず配布を続けている。しかしその中に一人、動揺する姿を見せた者がいた。長卓の後ろに並べた麻袋にぶつかり、中に入っていた林檎《りんご》をぶちまけてしまったのだ。

「ごっ、ごめんなさい！」

動転した様子の修道士は、大慌てで地面に屈み込み林檎を拾い始めた。そばにいた修道士の何名かもそれを手伝う。石畳の上を転がってきた一個が足元で止まったため、アシュレイも腰を曲げてそれを拾い上げた。

　上体を起こすと、例の修道士が急いで駆けてくるのが分かる。修道服の裾を揺らしながらやって来たその人に、アシュレイはつい見入ってしまった。

　艶やかな栗《くり》色の髪を背中まで伸ばしたその修道士は、華奢で小柄な体軀も相まって、遠目では女性のようだ。しかし目の前に立つ姿を見ると、中性的な雰囲気ではあるものの明らかに男性だと分かる。

　飾り気のない黒一色の修道服を着ているにもかかわらず、その美貌によって彼の周りだけ輝いているようだ。事実、往来《おうらい》の人々の目は明らかに彼へと惹きつけられている。

「はい、どうぞ」

　綺麗な人だなあ……と心の中で感嘆しつつ、アシュレイは林檎を差し出した。しかし誰もが振り返るほどの美しさを持ちながら、修道士の青年はおどおどと視線をさまよわせた。

「あ……っ、あの、ありがとう……ございます」

　蚊の鳴くような声でなんとか礼の言葉を告げ、ぎこちなく頭を下げる。その拍子に、首元を詰めた意匠の修道服から、オメガ専用の首輪がわずかに露出した。だからこれほど綺麗なのかとアシュレイも納得する。

（まあ、でも……同じ男性オメガでも、エメリーとはかなり雰囲気が違うな。エメリーは溌剌《はつらつ》とした印象だけど、この人はなんとなく陰があるというか）

恐らく、年齢も弟とさほど変わらないだろう。そんなふうに考えていたせいか、自分でも気づかぬまま青年を凝視してしまっていた。

アシュレイの視線を浴び、青年は居たたまれない様子で首を竦める。首輪をしっかりと隠すように襟元を直すと、必死に声を絞り出す。

「……お目汚しをしてしまい、も、申し訳ございません……」

「え？」

彼の口から飛び出したのは予想もしていなかった言葉で、アシュレイは思わず目を見張った。謝るべきなのは初対面の相手をじっと見ていた自分のほうだ。青年が謝罪する理由など一つも思い浮かばない。

「戻っておいで、ノエル」

ぎこちない空気を引き裂くように、修道士たちとともに活動をしていた男性がおもむろに声をかけた。司祭服に身を包んでおり、彼もまた端整な容姿の持ち主だったが、修道士の青年と違って体格に恵まれ、目鼻立ちも派手だった。こちらは恐らくアルファだろう。

パタパタと戻っていく後ろ姿を見つめながら、アシュレイはふと、彼の名前に聞き覚えがあることに気づいた。

（……ノエル？）

一体どこで耳にしたのだろうと記憶を掘り返していると、ノエルと入れ違いに、先ほどの司祭が近寄ってきた。隣にはアシュレイの顔見知りがいる。中心部にある神殿に仕える神官で、レナードとの婚礼の儀などで何度か顔を合わせていた。

「公爵夫人ではございませんか。本日はお買い物でございますか？」

おっとりとした雰囲気の神官に尋ねられ、アシュレイもそつのない笑みを見せる。

「ええ、新しい薬材が入荷していないかを確認しに。皆様は食糧支援の慈善活動をされていたのですか？」

問いながら、アシュレイはちらりと司祭に目を向けた。視線に気づいた司祭は、アシュレイに向かってにっこりと笑顔を返す。一分の隙もないその笑みは、自分の華やかな面立ちをよく理解したうえでの表情に感じられ、どこか腹の底が見えない印象だった。

「本日の慈善活動はですね、流浪《るろう》の修道士と呼ばれる『ルソモナ』の皆様が企画してくださったものなのです。幻とも噂されるルソモナの修道士とお会いできたことに、我々も感動してしまいました」

アシュレイが身構えていることなどつゆ知らず、神官は高揚を隠しきれない様子で語った。

拠点となる修道院を持たず、王国の各地を転々とする修道士の集団『ルソモナ』――通称〈流浪の修道士〉。

彼らは修業の一環として旅をしながら、山の中や村人の家、放牧地など、様々な場所で祈りを捧げる。その姿は非常に神聖で慈悲深く、彼らの祈りに立ち会えただけで神の救済を得られると言われていた。

（出会える確率が非常に低いとされるルソモナが、偶然グランヴィル領に来ていた……？）

なんとなく腑に落ちない気持ちでいるアシュレイの前に、司祭が一歩進み出る。胸に手を当て、彼は優雅な所作で一礼をした。

「お初にお目にかかります、グランヴィル公爵夫人。私はルソモナの代表を務めます、ベイノンと申します。素晴らしきグランヴィル領で奉仕させていただけますことを、心より光栄に思います」

ベイノンの弁舌は滑らかだった。アシュレイは思案ののち、慎重に口を開く。

「……ルソモナの皆様は生活拠点を持たずに活動されているというお話ですが、配布している食べ物は一体どこからお持ちになったのですか？」

「昨日の夕方にこちらへ到着した際、その日の売れ残りを商人からすべて買い取りました。普段からグランヴィル領へ出入りしている方ですよ」

アシュレイの懸念を掻き消すように、ベイノンは笑顔を崩さず答えた。確かに、領民が口にする食べ物の出所がはっきりしていれば、怪しいものを配っているのではないか……という不安はなくなる。だからといって、心の中の翳りがすべて消えるわけではない。

「皆様にお配りしているものを、僕もいただいてもよろしいですか？」

ベイノンの目をまっすぐ見てアシュレイは告げた。

「もちろんです。神は身分を問わず、平等にお救いくださいますから」

彼もまた怯むことなく頷き、麻袋が置いてある場所へ戻っていった。彼の背中を目で追っていたアシュレイは、神殿に仕える神官とルソモナの修道士とで、修道服の意匠が微妙に異なっていることに気づく。

同時に、「ノエル」という名前を発していた人物の声が、ふいに頭に蘇った。

――恥ずべき愚息は修道院送りにしてやりましたが。

――ノエル様は、それはそれは美しいオメガでしたねぇ。

(そうだ。ノエル・ドーソン……彼はドーソン伯爵の子息だ。レナード様に、発情した状態で会いにいったオメガの)

修道院に入ったはずの彼が、一体どういう経緯でルソモナに加盟したのか、アシュレイには見当もつかない。しかし、ルソモナに対する薄ぼんやりとした不信感の正体は察することができた。

(ノエルさんが林檎を落としたときに拾うのを手伝ったのは、神官ばかりだった)

慈悲深い心を持つ敬虔《けいけん》なルソモナの修道士たちが、誰もノエルに手を貸さなかったことに対し、アシュレイは心に靄《もや》がかかったような気持ちでいた。

レナードが会合のため屋敷を離れた翌日。文官とともに執務に励んでいたアシュレイのもとに、思いがけない客が訪ねてくる。

居心地が悪そうに身を縮こめ、応接間の長椅子に座っていたのは、前の日に出会ったノエルだった。

アシュレイが彼の正面に立つと、ノエルも弾かれたように腰を上げた。

「お待たせいたしました。改めまして、グランヴィル家当主・レナードの妻である、アシュレイ・グランヴィルと申します」

アシュレイは平静を装って挨拶し、ノエルに向かって手を差し出した。レナードと因縁があるドーソンの息子のため、警戒しているのはアシュレイだけでなく、部屋の隅に控えた数名の護衛もノエルの動向に目を光らせている。

アシュレイの手を前にノエルは戸惑う様子を見せたものの、やがておずおずと握り返した。

修道服の袖から伸びた腕を見て、アシュレイは「細いな」と思った。オメガは華奢な体軀をしているものだが、それにしても細すぎる。昨日はその美貌にばかり注目していたが、意識して見てみると体もやたらと薄い。

握手を終えて席につくよう促すと、ノエルは視線を床に落とし、躊躇《ためら》いながらも口を開いた。

「ルソモナの一員の、ノエル……と申します。公爵夫人は薬師としての豊富な知識をお持ちと伺い、ご相談したいことがあって参りました」

思いがけない言葉に、今度は領主の妻としてではなく、薬師としてアシュレイは身構えた。ノエルの痩《や》せ方に、なにか病的な理由が関係しているのかと思ったのだ。

しかしいざ話を聞いてみると、ノエルの相談は「広く流通しているオメガの発情抑制剤が効きにくい」という、比較的よくある悩みだった。

「発情抑制剤は自分でお求めになっていますか？　それとも、王国から支給されている薬をお使いになっていますか？」

「王国支給のものを……」

「発情を完全に抑えられなかったり、副作用が強かったりと、体に合わない場合は別の種類の薬に変えることが可能です。滞在している領地で申請すれば、定住する領民ではなかったとしても、その場ですぐに違う薬をお渡しできる手はずになっています。こちらの仕組みを利用したことはございますか？」

「あっ、そ、そうなんですか……知りませんでした……」

訥々《とつとつ》としゃべるノエルはなにかにずっと怯えている印象で、一向に視線が合わない。質問に対する答えが出たあとも、どうしたらいいのか分からない様子で俯き続けている。ノエルの本心が読めず、アシュレイもまた無言で彼の様子をうかがった。

（発情抑制剤が体に合わない場合の対処法は、王国内に広く周知されているはずだ。それを、伯爵家の子息であるノエルさんが知らなかった……なんてことはあり得るのか？　なにかしらの目的があって、グランヴィル家に再び接触するため、適当な理由を考えたってこと……？）

レナードが不在の今、グランヴィル領を守るのは自分の役目だ。あらゆる可能性を念頭に置き、慎重に判断しなくてはならない。「ウォルトだったらこんなときどうするだろう」と、賢くて先導力がある弟を頭に浮かべる。

そんなふうに考えを巡らせていたアシュレイは、ふと、とある可能性に行き着いた。

ドーソン伯爵はオメガの差別主義者だ。この王国に、オメガを救うための措置がたくさんあることを、実の息子であるノエルにすら教えなかったのかもしれない。オメガが救われる必要などないと考えていたとしたら。

あまりに腹立たしい可能性に、アシュレイは太股の上でぎゅっとこぶしを握った。その動作に反応し、ノエルがビクリと肩を跳ねさせる。それから、青ざめた顔で唇を噛みしめた。

(他人の怒りに敏感な人なんだな……)

そんな一面を知ってしまうと、途端に彼を不憫《ふびん》に思う気持ちが湧いてくる。アシュレイは細長い溜め息をつき、ふつふつと沸き立っていた憤りを鎮めると、努めてやわらかな笑みを見せた。

「ノエルさんは、甘いものはお好きですか?」

「……、……え?」

唐突に変わった話題に、ノエルは数秒の沈黙ののち顔を上げた。

「もしよかったらお茶に付き合ってもらえませんか? 菓子職人に作ってもらった今日の焼き菓子を昼食後にこっそり試食したんですけど、とってもおいしかったんですよ。この感動を独り占めするのはもったいないから、誰か一緒に食べてくれないかなと思ってたんです」

明るい口調で告げると、アシュレイはノエルの返事を待たず、すぐに侍女を呼んだ。

ノエルが目を白黒させる中、運ばれてきた色とりどりの焼き菓子が、三段になった台上の食器に積み上げられていく。侍従長が花の香りがする紅茶を淹《い》れてくれて、先ほどまで緊張感が漂っていた応接間は、あっという間にお茶会の会場になった。

啞然とするノエルに、アシュレイはいくつかの焼き菓子を皿に載せて手渡す。自分もこんもりと皿に焼き菓子を積み、「さ、いただきましょう！」と促した。それでもやはりノエルの手は動かなかったので、率先して焼き菓子を己の口に運ぶ。

「んんんっ、おいしい！　このパイ、サクサクの生地とチェリーの甘酸っぱさの組み合わせが抜群ですよ。マドレーヌも牛酪《バター》の香りがふわっと漂ってきて、何個でも食べられてしまう……ノエルさんも食べてくれないと、僕ばかり太っちゃうじゃないですか」

愛嬌のあるエメリーを真似して、アシュレイはできるだけ取っつきやすい物言いをした。すると、それまで呆然とアシュレイを見つめるばかりだったノエルが、ようやく皿に視線を向ける。

ごくりと喉を鳴らしたノエルは、恐る恐るといった様子で焼き菓子を摘んだ。控えめに齧《かじ》り、じっくり味わうように咀嚼《そしゃく》すると、グランヴィル邸にやって来てからずっと固い表情だったノエルが、ぱっと目を輝かせる。

「おいひぃ……！」

「そうでしょう？　クルミのブラウニーもおすすめなので、ぜひ食べてみて」

「はいっ」

こくこくと頷き、ノエルは次々に焼き菓子を手に取った。頰を膨らましてもぐもぐと食べる姿はリスのようだ。繊細で陰のある美貌が途端に年相応に見えてきて、アシュレイは自然と口許を綻ばせる。

アシュレイに勧められるがまま、たくさんの焼き菓子を味わったノエルは、紅茶で喉を潤すと幸せそうに目許をゆるめた。

「私、こんなにおいしいお菓子を食べたのは生まれて初めてです」

花開くような笑みに、アシュレイまで胸が温かくなる。

和やかな時間を過ごす中、アシュレイは茶器を傾けながら、ノエルがグランヴィル邸にやって来た理由について考えていた。発情抑制剤が効きにくいという話が本当なら、アシュレイが調薬したものを試しに使ってもらうことも可能だ。

「そういえば、一般的な発情抑制剤が効きにくいって話だけど……」

なにげなく口にした言葉を、アシュレイはすべて言い切ることができなかった。発情抑制剤の話題に触れた途端、ノエルの顔がみるみるうちに青ざめていったから。

彼は再び唇を結んで俯くと、肩の後ろに流していた髪を掻き寄せるように前へ持ってきた。まるでオメガの象徴である首輪を隠すように。

その反応でアシュレイは確信した。

(ノエルさんはオメガであることに強い劣等感を抱いているんだ)

初めて会ったときも、ノエルは首輪を襟で隠し、「お目汚しをしてしまい申し訳ございません」とアシュレイに謝罪していた。オメガであることを知られるのは彼にとって恥なのだ。

こういった思想の元凶は、十中八九ドーソン伯爵のような差別主義者だろう。王城の前で遭遇した際、ドーソン伯爵はなんの躊躇いもなくノエルを蔑む発言をした。実の父親から侮蔑され、粗末な扱いを受け続ければ、オメガというだけで自分を低く見てしまうのも想像に容易《たやす》い。

そうやって、第二の性による劣等感から心を閉ざすノエルに、アシュレイはかつての自分を重ねていた。レナードと出会う前の自分も、ベータという凡庸な性に悩み、「自分には価値がない」と思い込んでいたから。

ノエルだって、第二の性に囚われず本当の自分を見てくれる誰かと出会うことができれば、心の傷を乗り越えるきっかけになるはずだ。

（……いや）

「誰か」ではなく、自分がそのきっかけになろうとアシュレイは思った。

レナードがたくさんの愛をくれたおかげで、アシュレイは長く囚われていた苦しみから脱することができた。だから今度は、同じ悩みを持つ人を自分が助けたい。

アシュレイは故郷に残してきた弟たちに思いを馳《は》せる。以前は「アルファとオメガの弟」として考えていた彼らは、いつの間にか、「賢くて先導力があり」「愛嬌のある」愛しい弟たちになっていた。

ノエルとお茶会をしてからというもの、アシュレイは頻繁に彼に会いにいくようになった。

ルソモナの面々と慈善活動に励んでいれば、休憩時間に声をかけおしゃべりに興じる。時にはアシュレイから屋敷に招き、庭園をのんびり散歩したり、噴水を眺めながら軽食を摘んだりした。

出会った当初はびくびくしていたノエルも、徐々にアシュレイに気を許し、穏やかな表情を見せるようになった。本来のノエルは天真爛漫《らんまん》な性格らしく、朗《ほが》らかな笑顔を目にする機会も増えてきた。けれど時折、ふっと悲しげな顔を見せる。

『アシュレイ様が私によくしてくださるのは、私が憐れな不遇の性だからですか……？』

遠くを眺めながらぽつりとそんなことを漏らすとき、ノエルは決まって首元に手を当てる。そこにある首輪の感触を確かめるように。ノエルにとってその首輪は、己の体を守るためのものというより、オメガという性に自分を縛りつけるものなのだろう。

そんなとき、アシュレイはノエルの背中にそっと手を当て、彼に向かってやわらかく笑む。

『僕はただ、ノエルが素直ないい子だから、仲良くなれたらいいなと思っているだけだよ』

アシュレイがそう言うと、ノエルはいつも照れくさそうに唇を結び、『ありがとうございます』と小さな声で返すのだ。

ノエルとの交友を深めながら、彼には内密に、アシュレイはいくつかの調査を進めていた。ドーソン伯爵がノエルをどのように扱ってきたのか、ノエルが入れられたという修道院、それからルソモナの実態について。

どこか不審な印象のルソモナだが、今のところ真面目に慈善活動を行っている。中心街で配っていた食べ物も、不審な成分は検出されなかった。

グランヴィル領に来てから一週間以上、中央部に居座っているのは気になるが、こんなものだろうか。なにせ謎が多い集団なので、一箇所にどの程度の期間留まるものなのかもはっきりしない。

そうやって調査した結果や、ノエルと交流を持っていることについては、帰宅したレナードにすべて報告していた。レナードは基本的にアシュレイの意思を尊重してくれているものの、ノエルとの接触を快く思ってはいないようだった。

一日の執務を終え、長椅子に座りながら調査報告書に目を通していると、湯浴みを終えたレナードが部屋に戻ってきた。隣に腰を下ろした彼は、アシュレイの肩に腕を回しそっと抱き寄せてくる。

「もう何度も言っているが、ノエル・ドーソンと会う際はくれぐれも気をつけてくれよ。彼がまだ父親の支配下にある可能性は捨てきれないのだから」

「……分かっています」

レナードにされるがまま、彼の肩に頭をもたせかけたアシュレイは、その体温を味わいながら細長く息を吐いた。

アシュレイへの暴言がきっかけとなり、差別主義者の本性を暴かれたドーソン伯爵は、その後の調査によって領地での悪行が次々に暴かれているらしい。

国王が各地の領主に命じた、オメガ保護の施策をろくに行っていないこと。衆目が集まる場でオメガへの侮辱を繰り返し、領民によるオメガ差別を助長していたこと。もはや降爵は免れず、今は正式な処分の決定を待ちながら、子爵となった際の移住地を選定している最中だそうだ。

おとなしく罰を受け入れているようにも見えるが、あの驕《おご》り高ぶった男のこと、内心では腸が煮えくりかえっているに違いない。それもこれも、アシュレイが公爵夫人の座を奪ったせいだ……と、逆恨みされていたとしてもおかしくないのだ。

レナードの肩に頭を擦り寄せたアシュレイは、彼の腕に控えめに手を添える。

「ノエルと出会った翌日、どうして彼がわざわざ僕に会いに屋敷までやって来たのか、本当の理由は謎に包まれたままです。もしかしたらドーソン伯爵の命令によって、グランヴィル家の弱みを探りに来たのかもしれない」

グランヴィル領を治める領主の妻として、表向きの理由を鵜呑《うの》みにするような、不用意なことはできない。けれど……と、アシュレイはレナードに縋る手にぎゅっと力を込める。

「第二の性など関係なく、対等に接することができる場所がすぐそばにあることを、ノエルには知ってもらいたい。勇気を持って一歩踏み出せば、苦しい環境から助け出してくれる人はたくさんいる。父親の呪縛から逃れることだってできるのだと」

劣等感の渦《うず》からは、最終的には自分の意思でしか抜け出せない。そのことをアシュレイはよく分かっていた。血の繋がった家族がきちんと自分を認めてくれていても、「役に立つ人間にならないと愛されない」という思い込みに囚われていたのだから。

だからこそ、彼が明るい場所に向かって歩き出せるよう、彼に寄り添い導く人間が必要だ。アシュレイにとってのレナードがそうだったように。

アシュレイの言葉に、レナードは静かに耳を傾けていた。肩に乗っていた手が後頭部に移り、優しい仕草で髪を撫でられる。

「……アシュレイの情に厚く聡明なところを、俺は心から誇りに思う」

熱のこもった声で囁き、レナードはアシュレイの額に唇を寄せた。目尻や頬、鼻先と、次々に唇が移動し、顔中にキスを降らせていく。慈愛のこもった口付けに肩の力が抜け、アシュレイはぼんやりと彼を見つめたまま身を任せた。

やがてレナードの顔が傾き、唇が重なる。表面を食み、軽く吸いつくだけのじゃれ合いのようなキスは、唇の割れ目を舌先でなぞられた瞬間から色合いを変えていく。ぴちゃ、と濡れた音がして、レナードの舌がアシュレイの口腔へ侵入した。

肉厚な舌がゆっくりと蠢《うごめ》き、アシュレイのそれを搦め取る。レナードのキスは丁寧で、決して荒々しさはないのに、なにもかもを暴かれるような深さがあった。ふわふわとした心地よさと、内側からじわりと滲み出るような性感がごちゃ混ぜになり、アシュレイは陶然とする。

「ふ……っ、ぅ」

唾液の糸を引きながら唇が離れ、アシュレイは濡れた吐息を漏らした。頬を赤らめるアシュレイに、レナードが無言で視線を送ってくる。すべてを見透かすような力強い双眸の前では、湧き上がった欲望を隠しておくことなど不可能だ。

「……もう、そんな目で見ないで」

アシュレイは手の甲を口許に当てると、ばつの悪さから目を逸らした。

「湯浴みを終えたばかりなのに、寝間着が汚れてしまいます……」

耳まで熱くなるのを感じながら、アシュレイはこもった声で告げる。

その遠回しな言葉の意味を、聡《さと》いレナードはきちんと察したらしい。すっと目を細めた彼が、アシュレイの腰をつかんで誘導してくる。アシュレイは座面に膝をつき、レナードの太股を跨《また》ぐような体勢になった。

長椅子の背もたれに手を置くよう促され、素直に従う。互いの顔が近づき、至近距離で視線が絡み合うと、どちらからともなく唇を重ねた。今度は最初から舌が入り込み、淫靡《いんび》な動きでアシュレイの口腔を愛撫した。

舌の付け根から先端まで搦め取られ、ぬるぬると嬲《なぶ》られる。二人分の唾液が濡れた音を立て、それだけで下腹部に熱が灯った。湿った吐息ごと吸われ、貪るような深いキスをされて、アシュレイもまた夢中になってレナードの唇を味わう。

胸に伸びてきた手が寝間着の合わせ目を割り開き、人差し指と中指の背を使って小さな突起を挟んだ。指を左右に動かして擦り、つんと尖った先端を親指の腹で転がす。口腔を犯される快感と、乳首を虐《いじ》められる快感が一気に襲いかかり、アシュレイは堪らず身を捩《よじ》った。

その拍子に、兆《きざ》した中心が彼の固い腹筋にぶつかってしまう。

「あっ……」

頰を上気させ、切なく眉を寄せるアシュレイを、レナードが満足げに見上げる。唇を解放したレナードは、左手で胸の飾りを捏《こ》ね回しながら、右手をアシュレイの内股に伸ばした。

寝間着の内側に入り込んだ手が、汗で湿った内股を撫でる。

「寝間着が汚れてしまうと言っていたな？　……具合を確かめてやる」

どこか楽しげな調子でそう言うと、レナードは下着の上からアシュレイの中心を握り込んだ。焦《じ》れったい快感ばかり募っていた体に直接的な性感を与えられ、思わず腰が砕けそうになる。

アシュレイはぴくっと体を震わせ、喉を反らし天を仰いだ。

「あ……っん、あ……」

「アシュレイの言ったとおりだ。すでに先走りで湿っている」

親指と人差し指で丸い先端を擦る動きは、鈴口から滲む体液を搾《しぼ》り出そうとするかのようだ。さらなる快感を求めてアシュレイの腰は揺れ、彼の手に己の性器を押しつけてしまう。

アシュレイの痴態を眺めながら、レナードは大きく手を動かしてアシュレイの雄を撫でさすった。それから下着の穿《は》き口に指を引っかけて下ろし、臀部を露出させる。

大きな手で双丘を揉みしだいたレナードは、その奥にある秘所を探った。やがて、中指の腹が閉ざした蕾にたどり着く。

表面をくすぐるように指を動かすと、くちゅっ……と粘着質な水音が漏れ聞こえた。

「……ああ、汚れるというのはこちらのことだったか」

情欲の滲む声で指摘され、アシュレイは宙を仰いだままぶるりと身を震わせた。浅ましい体を彼に暴かれると、羞恥を覚えると同時にひどく昂ぶる。そうすると後孔はますます愛液をあふれさせ、レナードの指を伝って内股を濡らしてしまうのだ。

ベータの体だったときに乾いていたその場所は、オメガへの変転が完了しつつある今、性的な興奮によって潤むようになっていた。

くぷっと音を立て、レナードの指が胎内へ入り込む。愛液の滑りを借りてゆっくりと出入りする長い指に、アシュレイは「はあ……」と熱を帯びた息を漏らした。

「あ、んんっ……、ぜん、ぶ……レナード様の、せいです……」

「いいことだろう。よく濡れたほうがアシュレイの負担は少ない」

「でも……昨日もした、のに……」

昨日どころか、ここ最近は同じ寝台で眠るたび彼に抱かれている気がする。例の発情誘発剤の調査で忙しくなり、屋敷を空けることが増えたレナードは、会えない時間を取り戻そうとするようにアシュレイを求めた。

「情事の回数が増えたところで、オメガへの変転に支障が出るわけでもないだろう?」

赤い舌先で乳首を舐《な》め転がしながら、レナードが尋ねてくる。同時に内壁に埋め込んだ指を曲げられ、弱い場所をこりこりと捏ねられて、アシュレイは脚に力が入らなくなる。

「ぁ、……そ、ですけどっ……、たくさんしたからって、変転が早まるわけでもありません……っ」

「問題がないならそれでいい。変転を早める目的で抱いているわけじゃないからな」

アシュレイの反応をうかがいながら、レナードは乳輪ごと乳首を吸い、固くなった先端に軽く歯を立てた。その鋭い刺激を恐ろしく思ってもいいはずなのに、アシュレイの体はむしろ悦びを覚えてしまう。レナードの指を包んでいる後孔が締まるのを感じ、アシュレイは「あっ」と声をあげた。

そんなアシュレイを、レナードは欲情した目で見つめた。

「可愛いな。……本当に可愛い。俺の妻は最初から、なにもかもが可愛くて困る」

掠れた声で囁いて、アシュレイの反論を待たずに唇を奪う。最初からなわけがないだろう、と思うのだが、余裕なく唇を貪られると思考まで蕩けてしまう。

（惚れた弱みとか、恋は盲目とか、そういうことなのかな）

自分を好きになってくれたから、最悪だった頃の関係性ですらよい記憶として塗り替えられているのだろうか。そういった推察をアシュレイは呑み込む。激しい口付けに応えるだけで精いっぱいというのもあるが、たとえ口を塞がれていなくとも、彼に問うことはできなかったはずだ。

アシュレイの唇を犯しながら、レナードは内壁を解す指を増やしていく。快感を覚える場所にぐぐっと指を押し込まれて、アシュレイは堪らずレナードの肩に縋った。

「ぁ、あ……きもちぃ……」

濡れた唇を薄く開け、熱っぽい声を漏らす。最初は後孔に触れられても異物感しかなかったのに、今ではすっかり快楽を得る部位に変化していた。

オメガになりつつあるから……という理由だけでなく、体のあちこちに潜んでいた性感を得られる場所を、レナードの愛撫によって一から教え込まれてしまった。

アシュレイの後孔を十分に解し、レナードの手がぐっしょり濡れるほど愛液があふれるのを確認して、レナードは中から指を引き抜いた。そのまま下着を脱がされ、乱れた寝間着の下から勃起した中心が露わになる。

丸い先端からは透明な蜜が垂れて茎を濡らし、内股は後孔から漏れた愛液で濡れていた。これでは本当に、どちらの体液で寝間着が汚れているのか分からない。

「抱かせてくれ、アシュレイ」

アシュレイの腰に手を添えたレナードが、唇に甘く吸いつきながら言った。

「オメガ変転のためではなく、夫として君を抱きたい」

熱を帯びた声音で告げられ、アシュレイはこくりと頷いた。

レナードの寝間着をはだけさせ、下着の穿き口を引っ張ると、上向いた雄が勢いよく飛び出してきた。アシュレイは高揚に息を乱しつつ、太く勇ましい幹に指を絡める。手筒で扱くだけの拙《つたな》い愛撫だが、手の中でそれはどんどん大きく育っていき、込み上げてくる期待に思わず喉を鳴らしてしまう。

長大な性器がしっかり勃起するのを見計らって、アシュレイは膝立ちになり、自分の蕾に彼のものを宛がった。しかし自分ではうまく挿入できず、濡れた入口に先端を擦りつけるばかりになる。

「あっ、ん……、できな……っ」

腰を揺らして位置を調整しているのになかなか成功せず、もどかしさにアシュレイは眉を寄せた。

そんなアシュレイの痴態を、レナードはギラギラと底光りする目で見つめていたが、やがて我慢できなくなった様子で掻き抱いた。身構えることもできないまま体が反転し、長椅子の上に仰向けで寝かされる。

すぐさまレナードがのしかかってきて、後孔に雄の先端が触れる。そのまま腰を落とされ、ぬぷぷぷ……っと一気に中へ入り込んできた。

「あっ、ぁあ……っ!」

「すまない。……待てなかった」

快楽に悶《もだ》えるアシュレイを抱き竦め、レナードが劣情に掠れた声を漏らす。間を置かず腰を送られ、熟《う》れた媚肉《びにく》が熱い杭によって擦られていく。

座る分には十分な広さの長椅子だが、情事に耽る場所としては当然手狭だ。アシュレイは右足を床に下ろし、左膝を立てる体勢になる。レナードも左足を床につけて体を支えており、奥まで挿入しきれないことや、直線的な抽挿しかできないことに焦れったさを覚えているようだった。

けれどその不自由さが二人を昂ぶらせた。逃げ場のない場所で余裕なく腰をぶつけられると、求められる悦びにひどく乱れてしまう。

「あっ、ぁ、あっ、ん……っく、ぁあッ」

レナードの腕の中に閉じ込められ、全身を使って揺さぶられて、アシュレイは上擦った声を漏らし続けた。寝台での営みで目にする景色とは異なり、卓や背もたれがすぐそばにあることに非日常感を覚え、興奮する。レナードの律動に合わせ、ギッギッと長椅子が軋む音も堪らない。

「レ……レナードさまぁ……こ、こんなの、すぐ出ちゃう……っ」

挿入が浅いせいで、強い快感を得る場所ばかりを集中的に突かれることになり、アシュレイは息も絶え絶えに訴えた。

「俺も長くは保たなさそうだ……」

耳許で答えるレナードも苦しげな声をしていて、絶頂が近いことがうかがえる。互いに汗だくで、合わせた胸がびっしょり濡れていた。

レナードの腹筋でアシュレイの中心は押しつぶされ、律動のたびに刺激されてしまう。そこもまたおびただしい量の先走りが漏れ、もはやどこがなんの体液で汚れているのか分からなかった。

広い背中に腕を回し、自らも腰を揺らしてレナードを求めれば、下肢から広がる快楽が全身に広がっていくのが分かる。濃密な愉悦の波に浸され、アシュレイは全身を薄紅色に染めた。

されるがままレナードに突き上げられ、喉を反らして爪先を丸める。

「あっ、あぅ、きもちいいの来る……っ、来ちゃ……～ッ！」

レナードにしがみついたまま、アシュレイは細かく身を震わせて絶頂に達した。同時に、彼を包み込んだ内壁が蠕動《ぜんどう》する。子種を求めるオメガの体が、アルファを欲しているのを身を以《もっ》て味わう。

その動きにレナードは顔を歪め、蠢く肉に欲望を激しく突き立てた。

「中に出すぞ……、俺の精をアシュレイの中にすべて……ッ」

唸るように告げ、レナードは再びアシュレイの唇を奪った。口の端から唾液が滴るほどの激しいキスの中、大きく腰を打ちつけてきたレナードが、これまでより深く中へ入り込む。そのまま動きを止め、ビクッと腰を跳ねさせながら射精した。

「は……はふ……はぁ……」

胎《はら》の中を熱い体液が満たしていくのを感じ、アシュレイはキスの合間に湿った息を漏らす。ようやく唇を解放したレナードは、結合を解かないまま、至近距離からアシュレイを見つめていた。以前贈られた宝飾品のような艶やかな紫色の目に、自分だけが映っている。

(ああ……好きだな)

それに、「愛されているな」とも思う。

けれどその台詞を口に出すことはしない。彼からの愛を実感していても、愛されていることを前提とした物言いはできない。浮かんだ思いは喉の奥に引っかかってしまい、声にならないまま胸の奥で渦を巻き続ける。

(僕もまたノエルと同じだ。今のままの自分でも愛してもらえるのだと、あと一歩のところで信じきれずにいる。レナード様を……ではなくて、僕自身を)

だから本心を曝《さら》け出すのが怖いのだ。「好き」という一言が、レナードの負担になるのではないかと恐れている。愛されていると信じて疑わないアシュレイに、レナードが困った顔をする日が来るのではないかと不安に思っている。

そんな臆病さに誰よりも辟易しているのは、アシュレイ自身だった。

快楽の余韻と、レナードの愛に満たされる喜び。それをすべて受け入れられずにいることへの、自己嫌悪の念。アシュレイが様々な感情でぐちゃぐちゃになっていることを知ってか知らずか、レナードは汗だくの体を無言で抱きしめてくる。

アシュレイの首筋に顔を埋めたレナードは、うなじをそっと指の腹でなぞった。

「早くここに噛みついて、アシュレイのすべてを俺のものにしたい」

レナードのまっすぐな好意が心に染み渡り、アシュレイの胸を切なく軋ませる。言葉で想いを伝えられない分、アシュレイは抱擁で彼に応えた。

彼が好きだと気づいてから、アシュレイは臆病な自分を変えるためのきっかけを模索し続けていた。それは自分と同じく、劣等感に苛まれるノエルを救うことかもしれない。もしくは、オメガ変転が完了し、レナードの番になることなのかもしれない。

なにかを成し遂げることができたらきっと、自信を持って自分を愛することができる。レナードに愛される自分を、堂々と受け入れることができる。レナードの腕の中で、アシュレイはそんなことを考えていた。

ノエルが自分に近づいた理由が分からないことと、レナードに愛を伝えられずにいること。

いつかは解決しなくてはならないと思いながらも、先送りにしていた二つの問題は、予想していなかった形でアシュレイを悩ませることになった。

きっかけとなったのは、ルソモナが次の滞在地を目指し、明後日《あさって》にもグランヴィル領中心部を離れる……とノエルから聞かされたことだった。

いつもどおり、中心街の清掃活動を終えたノエルに声をかけたところで報告され、アシュレイはすぐに反応することができなかった。当たり前のようにノエルと会う日々が続いていたため、いずれはいなくなってしまう人だという意識が薄れていたのだ。

「明後日だなんて、随分急だね」

アシュレイの言葉に、ノエルはしょんぼりと肩を落とす。その首はもう、髪の毛で覆われてはいなかった。誰よりも真剣に慈善活動に取り組むノエルは、長い髪を邪魔そうにする様子が度々見られたので、アシュレイが提案し編み込みにしたのだ。

その髪型をノエルはいたく気に入り、「結い方を教えてください」とアシュレイにねだった。ノエルが自らなにかを望んだのは、それが初めてだった。

「司祭様がお決めになったことですので……」

静かな声音で漏らすノエルは、渦巻く感情を抑えているように見えた。アシュレイはあの、どこかうさんくさい印象の司祭――ベイノンを思い出す。

アシュレイがそばにいるときには、彼はグランヴィル領の民に分け隔てなく親切にしているように見えたが、その姿のみが真実だとも思えなかった。アシュレイと過ごすときは朗らかな笑顔を見せるノエルが、彼の近くにいるときは緊張した面持ちを保っていたから。

周囲に目を走らせたアシュレイは、ノエルをルソモナの面々から引き剝がす。彼らに二人の会話を聞かれないよう護衛に見張りを頼み、住宅の陰になっている場所で口火を切る。

「ノエルは、ルソモナの修道士たちについていくの？」

「え……？」

「他の修道院で修道士を務めることもできるんじゃない？　修道士であることにこだわらないなら、グランヴィル領で一から新しい人生を始めてもいいんだ」

考えてもみなかった提案だったのだろう。ノエルは目を白黒させたのち、困惑した様子で視線を落とした。俯いたせいで前髪が顔にかかり、彼の表情が見えなくなる。

「……オメガの私を受け入れてくれるのは、ルソモナだけですから」

沈み込んだ声で告げるノエルに、アシュレイは咄嗟に「そんなことない」と反論しようとした。けれどそれより先に、護衛が「アシュレイ様」と潜めた声で名前を呼ぶ。

アシュレイが口を噤んだ数秒後に、家の陰からベイノンが姿を見せた。

「ああ、こんなところにいたのか、ノエル。公爵夫人にお別れの挨拶は済んだのかい？　お願いしたいことがあると話していただろう」

ノエルのすぐ隣に立ったベイノンは、相変わらず腹の内が読めない笑みを見せた。ノエルは一瞬の沈黙ののち、おもむろに顔を上げる。出会ったときと同じ、陰のある美貌をアシュレイに向けた。

「旅立つ前に、アシュレイ様と最後の思い出を作りたいのです。街の食堂で、明日の昼、私と一緒にお食事をしていただけませんか？　一人だとどうしても入店しづらくて……」

躊躇いがちに尋ねられ、アシュレイは戸惑う。ノエルはすでにグランヴィル邸に何度も招かれ、お茶をともにしている。今さら食事に誘う程度で、これほど固い表情をするものだろうか。

（ノエルから誘ってきたのは今回が初めてだし、庶民が利用する食堂に貴族を誘うのが憚られたって可能性はあるけど……）

身分の差など関係なく、親しくなれたと思っていたのは自分だけなのか。そんなふうに考え、アシュレイは答えに迷う。

しかしノエルの態度だけが引っかかり、躊躇したわけではない。

しばらくはグランヴィル邸で執務を行う予定だったレナードだが、昼前に慌ただしく王都へ向かっていた。朝に第四王子からの使者を名乗る者が訪ねてきて、『パトリック王子殿下が内密にお話ししたいことがあるそうです』と告げたのだ。

グランヴィル邸から王都までは片道二日かかる。明日の昼までにグランヴィル領に戻ることはあり得ない。領主が不在であることはグランヴィル家の従者しか知らないはずだが、まるでレナードの目が届かない頃合いを狙ったかのような誘いに、なんとなく不安を覚える。

（「僕との思い出を作りたい」という誘いは、ノエルの本心だって思ってもいいんだよな……？）

――彼がまだ父親の支配下にある可能性は捨てきれないのだから。

ノエルを信じたい気持ちと、レナードの忠告が同時に頭を満たし、アシュレイは思い悩む。

「や、やっぱり、私と食事をともにするのは難しいでしょうか……？」

一向に返事をしないアシュレイに、ノエルが表情を曇らせた。それではっとして、アシュレイはしばし思案したのち、明るい笑顔を見せる。

「いや、大丈夫だよ。誘ってもらえて嬉しい。僕もノエルとの楽しい思い出を作りたいな」

その言葉にノエルがほっとしたような、それでいてどこか落ち着かない表情を浮かべた。アシュレイもまた、依然として胸に渦巻くもやもやした気持ちを懸命に押しやろうとする。

（領民で賑わう中心街の、昼間の食堂で会うだけだ。護衛を同行させればなんの問題もない）

そうやって懸念を抱えたまま臨んだ、翌日の食事会――。

あれほど考えを巡らせたのは一体なんだったのかと思うほど、アシュレイとノエルは和やかな時間を過ごした。

庶民に変装したアシュレイの振る舞いにまったく違和感がないため、食堂の店主や常連客も公爵夫人であることに気づかず、ノエルは必死で笑いを堪えながら話を合わせていた。二人で食事を楽しみ、たわいのない話題で盛り上がる。

ファルコナー家にいた頃は長男としての存在感を薄くするため、社交界に顔を出すことはなかった。グランヴィル家に嫁いだあとも夜会に出席したものの、あくまでレナードの妻として貴族と交流したに過ぎない。こんなふうに、立場に囚われず誰かと親しくなったのは初めてだった。

な顔をした。

「僕、ノエルと友人になれて本当によかったよ」

紅茶を飲みながら、アシュレイは胸の内を素直に伝える。その言葉にノエルが呆気《あっけ》に取られたよう
「友人……？　私とアシュレイ様が、ですか？」

「そう思っていたんだけど、ノエルにとっては違った？」

アシュレイが苦笑すると、ノエルは考えもしなかったとばかりに視線をさまよわせる。

「でも、アシュレイ様は公爵夫人で、私はオメガの修道士です」

「僕だって今はオメガだよ」

「公爵閣下と結ばれるために変転されただけで、元々はベータとおっしゃっていたじゃないですか。

……生まれながらのオメガである私とは全然違います」

恐らく、元ベータのアシュレイのほうが、自分より階級が上だと言いたいのだろう。そのことを理解しつつも、アシュレイはあえて彼が求めていない返答をした。

「そうだね。僕は生まれながらのオメガじゃない。そんな自分に、ずっと劣等感を抱いていた」

寂しげに漏らすアシュレイに、ノエルは案の定困惑した表情を見せる。

アシュレイは、凡庸なベータ性である自分にずっと自信が持てずにいたことを打ち明けた。アルファやオメガのような特別な魅力がないのだから、努力して役に立つ人間にならないと、愛してもらえないのではないかと考えていたことを。

「そんな……っ、アシュレイ様は素晴らしいお方です！　お心が広くて、愛情深くて……アシュレイ様にお会いできたことを、何度神に感謝したか分かりません」

前のめりになって否定してくるノエルからは、出会った当初のような、おどおどとした雰囲気は感じられなかった。そんなふうにノエルが変わってくれたことが嬉しい。だからこそあと一歩、自分のために踏み出す勇気を持ってもらいたかった。

「ありがとう、ノエル。僕も君に出会えてよかったと思っているよ」

ノエルの白い手をアシュレイは両手でぎゅっと握った。ノエルは焦った様子を見せ、「お手が汚れてしまいます」と言ってすぐに離そうとするが、アシュレイがそれを許さなかった。

「だからね、ノエル。僕の大切な友人である君を、君自身が貶めるような真似だけはしないでほしい。思い込みに囚われて臆病になる気持ちは分かるけれど、変わろうという強い意志さえ持てば、自分がいる環境も、生活も、いくらでも変える手段はあるんだから」

ノエルの目をまっすぐ見つめ、アシュレイは真摯に語りかける。父親からの差別により、ほの暗い世界に囚われてしまったノエルの心を救うために。それから、レナードからたくさんの愛情をもらっていながら、卑屈さと決別できずにいる自分に言い聞かせるように。

アシュレイの言葉を聞いたノエルは目を潤ませ、唇を結んだ。返事はなかったものの、アシュレイの手を、ほんの少しだけ握り返してくれた。

そうやってノエルとの最後の時間を過ごしたアシュレイは、護衛を連れて食堂をあとにした。そのままノエルと解散する予定だったが、彼から「お待ちください」と引き留められる。

腹の上で手を組んだノエルは、葛藤する素振りを見せたのち、意を決した様子で口を開いた。

「わ、私……父のことでどうしてもアシュレイ様にお伝えしたいことがあるんです。人目につかない場所でないとお話しできない内容なので、どうか神殿まで来ていただけませんか……？」

思いがけない発言にアシュレイと護衛は顔を見合わせる。ドーソン伯爵の話というのは一体なんだろうか。父親の呪縛から逃れたいという相談か、もしくはドーソン伯爵について重大な秘密を抱えているという告白か。

（どちらにしろ、僕を頼ってくれたことには違いない）

中心街を離れ、閑静な場所にある神殿へ移動するのが気がかりだが、とはいえ道中も通行人が皆無というわけではなかった。なによりまだ日が高く、よからぬ企みを実行するには人目につきすぎる。

彼の提案に乗っても問題ないだろうと結論づけ、アシュレイと護衛はノエルとともに神殿へ向かった。アシュレイとノエルが並んで歩き、その少し後ろを護衛がついて行く。

予想どおり、中心街の賑わいが遠のいても、神殿に続く道は人が絶えず行き来していた。これなら問題ないだろう、とアシュレイは密かに胸を撫で下ろす。神殿に着けば、レナードと親交の深い神官たちが出迎えてくれるはずだ。

それにしても……と、アシュレイは隣を歩くノエルをちらりと見た。神殿に向かって出発してからというもの、ノエルは緊張の面持ちで唇を結び、アシュレイから振った会話にもほとんど応じていなかった。

（オメガ差別に留まらず、ドーソン伯爵がとんでもない悪事を働いていたか。もしくは……ドーソン伯爵の怒りに触れるんじゃないか、と恐れているのかな）

なんにせよ、頼ってきてくれたからには、アシュレイとしても全力でノエルを守るつもりだった。彼を励ますべく、アシュレイはその華奢な背中に手を伸ばそうとする。

背後から、ドスッという鈍い音があがったのはそのときだった。アシュレイが咄嗟に振り返ると、目の前で護衛の体がぐらりと揺れる。

意識を失っているらしく、彼は受け身も取れないまま床に倒れ込んだ。すると、恵まれた体軀の護衛の陰から一人の男が姿を現す。男は右手に太い薪《まき》を持っていて、背後から護衛を殴打したことがうかがえた。

その男をアシュレイは知っていた。街を歩く庶民と変わらぬ服装であるため、瞬時には判断できなかったものの、そいつの華やかな容姿は幾度となく目にしたものだ。

アシュレイと視線がぶつかると、男は不気味なほどにこやかな笑みを浮かべた。

「こんにちは、公爵夫人」

「ベイノ……ッ！」

ルソモナの代表であるその男の名前を呼ぼうとした瞬間、後頭部に強い衝撃を受けた。目の前にちかちかと火花が散ったと思ったら、一気に視界が歪む。護衛と同様に後ろから殴られたらしく、アシユレイもまた前方へ倒れ込んだ。

地面に頬をつけ、ぼんやりと宙を眺めるアシュレイのもとへ、ノエルが慌てて駆け寄る。

「アシュレイ様！　アシュレイ様ぁ！」

動転した様子で声を裏返らせ、ノエルが必死に体を揺さぶった。アシュレイとノエルの周囲に、近くにいた通行人が近寄ってくる。緊急事態を察し、誰かが助けてくれることを期待したが、それは叶わなかった。

「アシュレイ様は傷つけない約束だったじゃないですか！　うそっ、いやだ、アシュレイ様！」

男たちを詰るノエルの言葉で、アシュレイはようやくすべてを察した。

（ノエルは最初から、なにか企みがあって僕に近づいていたんだ……——）

そこまで考えたところで、急激に意識が遠のいていく。ぼんやりと霞む視界に映り込んだのは、ただの通行人としか思っていなかった人々……庶民の服装を身にまとった、ルソモナの面々だった。


窓に打ちつけられた板の隙間から橙色の光が差し込んできて、アシュレイの目を刺激する。

まぶしさに眉を寄せたアシュレイは、石が敷き詰められた床にうつ伏せで転がっていることに気づいた。体を起こそうにも、手首を後ろで縛られているせいでうまくいかない。殴られた箇所が鈍く痛み、アシュレイは顔を歪めながら周囲に視線を向ける。

あまり使われていない場所なのか、部屋は埃っぽく、夏にもかかわらずひんやりとしていた。室内は薄暗く、窓が塞がれているせいで現在の時刻が予想できない。

それでも目が慣れてくると、周囲に樽《たる》や縄、古びた斧《おの》や鎌《かま》などが雑多に置かれていることが分かった。建物の小ささから、恐らく納屋《なや》ではないかと推測できる。

(そうだ……僕、ノエルと神殿に向かう途中で、ルソモナの修道士に殴られたんだ)

気を失っている間に拉致されたのだろう。あれからどれくらい時間が経ったのかも、自分が今王国内のどこにいるのかも、まるで見当がつかない。最後に見た光景を思い出すと、鉛《なまり》を呑み込んだように気持ちが沈んでいく。

ノエルはかつて自身の発情にレナードを巻き込んだ人物だ。その裏には恐らくドーソン伯爵がいる。今回自分に接触してきたのも、隠れた目論見があるのではないか……と考えないわけではなかった。

それでもノエルを信じたい一心で彼の言葉に従ったのに、結局はその策略にはまってしまった。意識がない間に手にかけなかったことを考えれば、殺害が目的ではないのだろう。身代金目当ての誘拐《ゆうかい》か、あるいは別の意図があるのか。

どちらにしろ、その計画にノエルが関与していたのは明白だった。

(友人になれたと思ってたのは僕だけだったのか……?)

込み上げてくる虚しさを掻き消したのは、壁を隔てた先から聞こえてくる男たちの声だった。納屋は別の部屋と隣接しているらしく、声はそこから漏れているようだ。焦りと怒声が入り混じった不穏な空気から、複数人がなにかを言い合っていることがうかがえる。

（落ち込んでる場合じゃないな。とにかく今は状況を把握しないと）

アシュレイは気持ちを切り替え、なんとかして手首を結ぶ縄を切れないかと、注意深く納屋の中を見て回った。隅《すみ》のほうに落ちていたガラス片を屈んで摘み、手首の縄に当てる。慎重に動かして切りつつ、足音を立てないように扉へ近寄った。

木製の扉は板が朽《く》ちて幅が狭くなり、隙間から隣の部屋を覗き見ることができた。簡素な暖炉《だんろ》が備えつけられた部屋は、狭い寝台と卓が壁に沿うように置かれている。

その中央に、ベイノンとノエル、それから四人の男たちがいた。ベイノンや男たちは椅子に腰かけているが、ノエルは床に屈み込んでいる。栗色の長髪は結び目がゆるんで乱れ、その横顔を覆い隠していた。

「なんでこんなに早く捜索の手配が回ってやがんだよ！　領主は昨日の朝から不在なんじゃなかったのか⁉　グランヴィル領は俺たちが乗っていた馬車の話題で持ちきりだぞ！」

男の一人が声を荒げた。その言葉に、彼の斜め向かいに座っている男が腕組みしてふんぞり返る。

「公爵が馬車に乗って王都へ向かう姿を、監視役が確認してる。領主がいないのは間違いねえよ」

「じゃあどうして……ッ」

「神殿のそばに放置してきた護衛や中心街の住民が、グランヴィル家に行って俺たちのことを報告したんだろうよ。すべてはこいつがぎゃあぎゃあと喚《わめ》いたせいだ」

冷淡な声で吐き捨てたのはベイノンだ。アルファ特有の華やかな顔を歪め、うなだれるノエルに忌々《いまいま》しげな視線を向ける。元より腹の内が読めない男だと思っていたが、その表情は司祭に扮《ふん》していたときの面影が感じられないほど悪意に満ちていた。

「当初の予定では護衛も馬車に乗せ、道中で始末する予定だった。けれど役立たずの坊ちゃんが『アシュレイ様！』と騒いだせいで、近くを歩いていた連中が様子を見に来ちまったんだ。そのせいで図体のでかい護衛を運ぶ余裕がなくなったばかりか、あの元ベータを馬車に乗せる姿まで見られて……」

ベイノンは苛立ちを抑えられない様子で舌打ちすると、椅子に座ったままノエルの背中を蹴り飛ばした。ノエルは身構える暇もなく床に身を投げ出す。

その光景に、アシュレイは音もなく息を呑み込んだ。

「おいおい、いいのかよ？　ノエル坊ちゃんを乱暴に扱って。仮にも雇い主の息子だろ？」

別の男がニヤニヤと口許をゆるめて揶揄《やゆ》するが、ベイノンは意に介さない。それどころか、余裕綽々《しゃくしゃく》といった様子で椅子の背もたれに身を預け、高らかに笑ってみせる。

「ドーソンだってこいつを駒の一つとしか見てねえよ。屈辱だよなあ。オメガを蔑む伯爵が、よりによってオメガの息子を持っちまったんだから」

ベイノンに同調するように他の男たちも嘲笑した。ノエルは床に転がったままこぶしを握り、肩を細かく震わせている。アシュレイは呆然としながらも、今に至る経緯を徐々に把握し始めていた。

今回の計画を企んだのは間違いなくドーソン伯爵だ。その実行役として選ばれたのが、ベイノンを始めとしたルソモナの面々。それから、アシュレイと接触して交友を深め、拉致する隙を作る役としてノエルが指名されたのだろう。

しかし伯爵の子息だからといって、ノエルが上の立場にいるわけではない。むしろ逆だ。ドーソン伯爵と同様、彼らはノエルを見下している。

(だからベイノンたちは、ノエルが困っていても手を貸す様子を見せなかったんだ)

違和感を覚える瞬間は何度もあったはずなのに、ベイノンの本性を見抜けなかったことが……今回の計画を未然に防げなかったことが悔しい。恐らくこの計画に、ノエルは強制的に参加させられているだけなのに。

(自分は差別されて当然の人間だと刷り込まれてきたノエルは、ドーソン伯爵に抗う術を持たないんだ。同じように、アルファであるベイノンにも逆らえない)

そんなふうに、実の息子から自己肯定感を奪ってきたドーソン伯爵に、アシュレイは腹の底からふつふつと沸き立つような憤りを覚えた。絶対に奴を捕らえ、裁きを受けさせなくてはならない。そのためには、一刻も早くここから脱出する必要がある。

そうこうするうちに、ガラス片で根気よく縄を切っていた甲斐《かい》があり、ようやく手の拘束が解けた。縛られていたせいで表面がヒリヒリと痛むものの、問題なく動かせる。アシュレイは無言で頷き、背後にある窓を振り返った。

ルソモナの一員の口振りから、今はまだ拉致された当日であることがうかがえた。どんなに馬車を急がせても、広大なグランヴィル領を数時間で抜けることは不可能だ。板の隙間から差し込んできた橙色の光が沈みゆく太陽だとしたら、恐らく中心街を離れてから五時間程度といったところか。

（領地内で馬車を走らせたときに五時間前後で到着する、山小屋のある場所はどこだ……？）

アシュレイが必死で考えを巡らせる中、扉の向こうからくぐもった声が聞こえた。

「お、おね……お願いします……アシュレイ様を助けてください……」

そう言って、ノエルがベイノンの足元にひれ伏す。

「私にできることなら、なっ、なんでもします。だからどうか、どうか……アシュレイ様だけは助けてもらえませんか」

切々としたノエルの言葉に、アシュレイは胸が絞られるような心地になった。けれどベイノンは不愉快そうに眉を寄せ、「ああ？」と棘のある声で聞き返す。

「なんでもってなんだよ。あんたになにができるってんだ？　とってもえらいお父様より高い報酬で俺たちを雇ってくれるって？」

「そ……それは……」

「あんたを自由に売り捌《さば》いていいって言うなら話は別だが、それだって決めるのはあんたじゃなくドーソンだ。自分の所有権がどこにあるのかをきちんと理解しとけよ、憐れなオメガの坊ちゃん」

ノエルの長髪をつかんで強引に顔を上げさせ、ベイノンが侮蔑の眼差しを向けた。彼の目に怯みながらも、ノエルは悔しげに唇を震わせる。そんな彼を男たちが手を叩いて笑った。

その瞬間、「冷静になれ」と自分自身に言い聞かせていた声が、唐突に途絶えた気がした。アシュレイは目の前にある取っ手をつかみ勢いよく扉を開ける。

「用があるのはノエルじゃなくて僕なんだろ！　その子を離せ！」

怒りに顔を歪めて声を荒げるアシュレイに、隣室の連中が唖然とした。けれどすぐに、ベイノンがわざとらしいほど愛想のいい笑みを浮かべる。

「お目覚めでしたか、公爵夫人。ベータのくせに相変わらず威勢がよろしいですね。ああ、それとももうオメガへの変転が完了しているのでしょうか？」

空いている手を胸に当て、慈悲深い司祭のような振る舞いをする一方で、アルファ以外の性を軽んじるような発言を平然とする。ベイノンのちぐはぐな言動に薄気味悪さを覚えた。

（僕がベータの体でレナード様のもとへ嫁ぎ、結婚生活を送りながらオメガへの変転を目指していたことを、こいつらは知っていたのか）

彼の傍らで、髪をつかまれたまま身動きが取れなくなっているノエルは、「アシュレイ様……っ」と悲痛な声をあげた。大きな目がみるみるうちに潤んでいき、ぽろぽろと涙をこぼす。

「ごめんなさい……ごめんなさい、アシュレイ様……！　あ、あんなに親切にしていただいたのに……友人だと言ってくださったのに……、私はアシュレイ様を裏切るような真似を……っ」

「いいんだ、ノエル。僕を助けたいと言ってくれて嬉しかった。君が本当は優しい人だってこと、ちゃんと分かっているから」

ベイノンに意見するため、ノエルはどれほどの勇気を振り絞ったことだろう。恐怖に震える彼の声から、その気持ちが痛いほど伝わってきたからこそ、ノエルを嘲笑う連中が許せなかった。

アシュレイは太股の横でこぶしを握り、ベイノンを睨みつける。

「ドーソン伯爵に雇われたと言っていたな。一体なんの目的で僕を連れ去ったんだ？」

話を聞かれていたと分かっても、ベイノンは焦る様子を見せなかった。すっと目を細めたかと思うと、先ほどのような紳士然とした笑顔とは異なる、小馬鹿にするような笑みを浮かべる。

「あの男はどうにもお前のことが許せないらしいぜ。殺すのではなく、命ある限り続く苦痛を与えろと言われた。異国に売り飛ばし、お貴族様には想像もできないような、下品で低俗な娼夫《しょうふ》に身を堕とさせることで」

アシュレイの頭の天辺から爪先までを観察してから、ベイノンは低い声で言った。数秒の間ののち、うなじのあたりにゾワッとした悪寒が走る。自分が見知らぬ男の慰《なぐさ》み者になる姿を想像してしまったからだ。

しかしそれと同時に、ドーソン伯爵がアシュレイに抱く深い恨《うら》みにもおののいていた。

（僕に屈辱を与えるためだけに、万が一露呈《ろてい》したら降爵では済まないほどの悪事に手を染めたっていうのか……？）

表情をこわばらせるアシュレイに、ベイノンは小動物を前にした蛇のように舌舐めずりをした。ノエルを立ち上がらせ、仲間の一人に羽交《はが》い締《じ》めさせると、おもむろにアシュレイに近寄ってくる。アシュレイの顎をつかみ、強引に顔を上向かせたベイノンは、ニヤリと口角を上げた。

「やっぱり、生まれながらのオメガじゃないと華がないな。だが、この程度の顔のほうが慎ましくていいと言う物好きもいる。夫のためにオメガに変転した健気な妻が、他の男に寝取られる姿に興奮する、好色なジジイもな」

下卑た物言いに虫酸《むしず》が走る。アシュレイはきつく眉を寄せてベイノンを睨みつけた。けれどベイノンは機嫌を損ねることなく、むしろ愉快で仕方ないといった表情を見せる。

「グランヴィル領の全土に捜索命令が出されている以上、人目につく時間は下手に身動きが取れない。夜が更けるまでの間、お前がすでにオメガの体になっているのか確かめさせてもらおう」

そう言うと、ベイノンは男たちを振り返り「香を準備しろ」と告げた。それに真っ先に反応したのはノエルだった。

「だっ、駄目……！　アシュレイ様まで同じ目に遭わせるなんて絶対に駄目！」

青ざめた顔のノエルが、めちゃくちゃに暴れて男の手から逃れようとする。ベイノンは舌打ちすると、なにかを指示するように顎をしゃくった。すると、他の男がノエルの前に移動し、彼の鳩尾《みぞおち》に勢いよくこぶしをめり込ませる。

「う……ッ」

「ノエル!!」

それまでの抵抗が嘘のようにノエルは膝からくずおれる。アシュレイは咄嗟に彼のもとへ向かおうとするが、腹の前に伸びてきたベイノンの腕に捕らえられ、前に進むことすら叶わなかった。

蹲るノエルを男が抱え上げ、山小屋の外へ連れて行く。

「顧みられていないとはいえ、雇い主の息子に手を出すわけにはいかないからな」

薄ら笑いを浮かべながら告げるベイノンに、どういう意味かと問おうとしたとき。

甘さの中に刺激を感じる、独特な香りが鼻腔を刺激した。覚えのある香りだ……と思った瞬間、ざわざわとした感覚が体の中心を駆け上がる。

「あ……っ」

脚から力が抜け、不覚にもベイノンに寄りかかる体勢になってしまう。発熱したときのように寒気と火照りを同時に覚えた。初めて味わう急激な不調に、アシュレイはひどく混乱した。

はっ、はっ、と浅い呼吸を繰り返すアシュレイを前に、ベイノンが目を細める。その双眸に欲望が宿っていることを悟り、アシュレイは背筋を凍らせた。

「すでに公爵と番になっているようなら、市場価値が落ちちまうと心配したが……安心した。俺でも誘惑香を嗅ぎ取れるあたり、お前はまだ誰のものにもなっていないオメガだな?」

その言葉に、アシュレイは自分の身になにが起こっているのかを瞬時に察した。唇を結び、慌ててうなじに手を当てる。

(僕、発情してる……――)

なぜよりによってこの瞬間に、なんの前触れもなく初めての発情期が訪れてしまったのか。己の不運を呪いたくなったが、すぐに「そうじゃない」と気づいた。部屋に充満する独特の香りを、いつどこで嗅いだのか思い出したからだ。

父とエメリーが訪ねてきた日。発情した庭師見習いのもとへ向かうときも、同じ香りが漂っていた。違法な発情誘発剤を練香にして焚いたものが発情の原因とされていたが、あれもドーソン伯爵の差し金だろう。同じ香を使い、ベイノンはアシュレイを強制的に発情させたのだ。

ガクガクと脚を震わせるアシュレイに、頬を紅潮させたベイノンが爛々と目を光らせて迫る。

「この中でアルファは俺だけだ。まだ変転が済んでないなら、公爵のあとを引き継いで毎日胎内に精を注いでやろうと思っていたが……もう十分いやらしい体になってたみたいだなあ?」

誘惑香の効果が出始めているのだろう。欲情した眼差しを向けられ、アシュレイはゾッとした。こんな奴に触れられるなんて御免だと、おぞましい想像に総毛立つ。

けれど心が拒むのとは裏腹に、アルファに求められることに体が反応してしまう。腹の下が疼き、体温がぐっと上がり、後孔が潤んでいく。理性と本能が相反する恐怖を、アシュレイはオメガになって初めて知った。

混乱する頭の中に、一人の男の顔が浮かぶ。

紫色の鋭い双眸が特徴の、一見すると取っつきづらい人。けれど笑顔が存外気安くて、アシュレイに触れるときは甘い微笑みを見せてくれる人。アシュレイが恋をした唯一の男。

(……嫌だ。絶対に)

僕が抱かれたいのはレナード様だけなのに。

下唇をきつく噛みしめ理性を掻き集めた瞬間、山小屋の出入口が勢いよく開いた。先ほどノエルを連れ出した男が血相を変えて飛び込んでくる。

「大変だ、ベイノン!」

男の声に反応し、ベイノンが弾かれたように振り返った。

その一瞬の隙をつき、アシュレイは力いっぱいベイノンを突き飛ばす。身を翻して納屋へ逃げ込むと、扉を閉めて樽を前に置き、目についたものを手当たり次第に放り込んだ。

男たちの声とともに扉がガタガタと揺らされるが、樽が重石になりすぐには開きそうもない。アシュレイは薄暗がりの中、壁に手をついてよろめく体を支え、必死に別の脱出経路を探った。

どんどん体温が上がるのが分かり、アシュレイは肩を上下させて息を乱す。びっしょりと汗をかいているせいで上衣が肌に張りつき、痛みを感じるほど勃起した雄が下衣を押し上げている。

(まずい……発情が進んでる……!)

今のアシュレイからは、先ほどとは比べものにならないほどの量の誘惑香が漏れ出ているはずだ。次にベイノンと顔を合わせたら、本能のまま襲いかかってくるかもしれない。

動揺で瞳を潤ませながら、アシュレイは納屋の中を見回した。すると、山小屋に通じる扉とは別の箇所から、細く光が漏れる場所を見つける。恐らく外に通じる扉だろう。

すぐさまそこに飛びつくが、外側から施錠されているらしく、どんなに取っ手を捻ってもびくともしない。焦りばかりが募っていき、アシュレイは半泣きになりつつ懸命に扉を開けようとする。鍵がかかっているなら扉ごと破壊できないかと、体当たりをしたりこぶしを打ちつけたりする。

なんとしてでも奴らから逃れなくてはならない。とにかく必死だった。

（僕のすべてはレナード様のものだ。他の奴になんか指一本触れさせて堪るか）

その熱い思いを、アシュレイは今までレナードに伝えてこなかった。彼から与えられる愛情を甘受するばかりで、なにも返そうとしなかった。

レナードが自分を妻と認めてくれたことで、今後もずっと彼のそばにいられると信じて疑わなかったのだ。ともに生活していく中で、愛を伝える機会はいくらでもあると過信していた。まさかこんなふうに、互いの意思とは関係なく引き離される日が来るとは思ってもみなかった。

扉にぶつかったせいで、肩や手がじんじんと痛む。発情のせいで体が重く、立っているのもつらい。それでもアシュレイは決して諦めなかった。

（ノエルを救えたらとか、レナード様の番になれたらとか、勇気を出すためのきっかけを他の人に託すのはもうやめる。嫉妬のせいでレナード様を傷つけるような、失敗ばかりの妻だけど……レナード様を愛する気持ちだけは誰にも負けないって伝えなきゃ）

己を奮い立たせ、アシュレイは再び取っ手を回した。次の瞬間、今までうんともすんとも言わなった取っ手が動く。その勢いのままアシュレイは扉を押し開けた。

けれど喜びに湧いた心はすぐに静まり返る。

夕方から夜へ変わる直前の薄暗い森。それを背にして、すぐ目の前にルソモナの一員が立っていた。

「ほらっ、こっちに来い！」

外側から解錠したのだろう。男は納屋の鍵を放り、アシュレイの手首をつかんだ。強い力で納屋から引きずり出される。発情のせいで体に力が入らず、ろくに抵抗できない。ベイノンのもとへ連れて行かれるのだろうか……と、アシュレイは青ざめた。

「——俺の妻に触れるな！」

怒号が飛んできたのはその直後だった。いつの間にか近づいていたのか、男に詰め寄った人物が勢いよくこぶしを振るう。振り返りざまに頰を殴打され、男は後方へ吹き飛んだ。

湧き上がる憤りに目を剝き、射殺しそうな眼差しを男に向けていたのはレナードだった。

「レナード様……っ」

「すまない。助けに来るのが遅くなった」

アシュレイの体を支えるべく手を伸ばしかけたレナードは、一瞬ののちに動きを止めた。うなじから漂う誘惑香に気づいたらしい。頰を赤らめ、ごくりと喉を鳴らしたものの、理性を振り絞るように視線を逸らす。

上着を脱いだレナードは、それをアシュレイの頭に被せてから改めて腕を伸ばしてきた。上着越しに抱き竦められ、レナードの体温に包まれる。

「怪我は？　つらい思いはしていないか……？」

労しげな声がすぐそばからかけられた。それと同時に荒い呼吸音も聞こえ、レナードが誘惑香に当てられていることを悟る。救出された直後のアシュレイを欲望のまま襲わないよう、必死に本能を抑え込んでいるのだろう。

その優しさに触れたことで、レナードと再会できた喜びと安堵《あんど》が一気に込み上げてきた。目頭が熱くなるのを感じ、アシュレイはぎゅっと目をつむって何度も頷く。

万が一の事態に備え、グランヴィル家の馬車に乗せていた薬箱を護衛の一人が持ってきてくれた。その中に入っていた発情緩和剤を飲むと、倦怠《けんたい》感や体の火照りがいくらか治まってくる。変転薬を内服している間は、発情を完全に抑える薬は飲めないものの、一時的に症状を抑えることは可能だ。

ようやく身の安全が確保されると、周囲がやけに騒がしいことに気づいた。辺りを見回すと、逃走しようとするルソモナの面々が、グランヴィル家の護衛たちによって次々捕らえられている。

漏れ出る誘惑香が最小限になるよう、上着の襟元を摘んでうなじを覆ったまま、アシュレイはおずおずとレナードを見上げた。

「王都に向かっていたはずのレナード様が、どうしてこちらに……？　ここはまだグランヴィル領ですよね？」

王都まで往復するには最短でも四日は要する。第四王子に会うべく、昨日の朝屋敷を発ったレナードが、すでに登城を済ませているとはとても思えなかった。

アシュレイの問いに、レナードは表情を引き締める。

「昨日の夜、宿を取るべく立ち寄った街で、偶然にも王家の紋章が入った馬車と遭遇した。ご挨拶をしようとしたところ、その中からパトリック王子殿下が姿を見せたんだ」

王城へ来るよう指示したはずの第四王子が、入れ違いになるような行動を取るのはおかしい。嫌な予感がして本人に尋ねたところ、そのような言伝をさせた覚えはないと返された。

何者かが、自分を意図的にグランヴィル領から引き離そうとしている。そう直感したレナードは、すぐに来た道を戻った。しかし時すでに遅く、領地に到着したのはアシュレイが攫《さら》われた直後だったという。

（ベイノンたちはレナード様が王都へ向かったことを知っていた。パトリック王子殿下の使者を装ったのは彼らの仲間だったんだろうな）

納得するアシュレイに、レナードはこの山小屋を発見した経緯を説明してくれた。

息子であるノエルが、かつて発情した状態でレナードに差し向けられていたこと。アシュレイを侮辱したことが発端となり、その悪事が次々に暴かれ、降爵の処分を受けることになったこと。

それらの点から、庭師見習いに発情誘発剤をけしかけたのはドーソン伯爵ではないか……と、早い段階から王家とグランヴィル家の間で名前が挙がっていたらしい。本人に気取られないよう、慎重に証拠を集めている中で今回の事件が起こった。

ベイノンが言っていたように、護衛や目撃者の証言をもとにアシュレイを攫った馬車の足取りを探ったのだという。とはいえ、やはり領主が不在の中ではもっと混乱を来していただろう。レナードがすぐに領地に戻り、的確な指示を出したことで統率が取れ、迅速《じんそく》な発見に繋がったに違いない。

「ドーソン伯爵を容疑者の一人としていたのだから、ノエル・ドーソンと会うことについて、はっきりと止めておくべきだった。アシュレイに注意を促しておきながら、頭のどこかで、修道院の庇護下にいるのなら父親からはもう解放されたのではないか……と考えていた」

申し訳なさそうに告げるレナードに、アシュレイは首を横に振る。

「ご心配をおかけしたことは申し訳なく思っています。でも、ノエルは自分の行いを悔い、一生懸命僕を助けようとしてくれました。僕たちの交流が、なんの意味も成さなかったわけではないはずです」

懸命に訴えるアシュレイを見つめ、レナードが目許をゆるめた。「そうだろうな」と穏やかな調子で首肯するので、思いがけない反応にアシュレイは混乱してしまう。

「麓《ふもと》で馬車が乗り捨てられていたため、誘拐犯が山中に潜伏している可能性が高いと踏んでいたのだが、発見に至らないまま日没を迎えようとしていた。そんな中、遠くの茂みからノエル・ドーソンが姿を見せ、『アシュレイ様はこちらです！』と叫んだんだ」

ノエルのそばには別の男もいて、泡を食って彼を取り押さえようとした。それでもノエルは必死の形相でその手を振り払い、何度もレナードに呼びかけた。男はノエルを置いて逃走したため、あとを追いかけたところ例の山小屋にたどり着いた……というわけだ。

アシュレイを救出できたのはノエルの功績によるところも大きい、とレナードは語った。

「ノエル・ドーソンは護衛に保護させている。彼が誘拐犯たちに報復を受けることはもうない」

そう締めくくられ、アシュレイは心の底から安堵する。同時に、危険を顧みずアシュレイを救おうとしてくれたノエルに胸が震えた。ベイノンに反抗することは父親の命令に背くことと同じなのに。

幾度となく彼を励ましたことや、ともに笑い合った時間。長年抱えていた苦悩を打ち明け、胸の内を曝け出したこと。そういった積み重ねがノエルの心を動かし、自らの意思で行動するきっかけになったのなら、これ以上嬉しいことはない。

目を潤ませるアシュレイに、レナードが穏やかな眼差しを向ける。「そろそろ行こう」と告げ、アシュレイの肩に腕を回した。彼に体を支えられながら、アシュレイもなんとか歩き出す。

山の麓にはグランヴィル家の馬車が複数停まっているらしい。アシュレイたちの前方では、捕らえられたルソモナの面々が、護衛に連れられのろのろとした足取りで下山していた。

彼らの顔をさっと目を走らせたアシュレイは、とある違和感に気づく。

（……ベイノンはどこにいるんだ？）

どれほど確認しても、あの派手な面立ちの男を一向に見つけられない。薄暗いせいで目が利かないのか、もしくは先につかまりすでに下山しているのだろう。そう思おうとしても、妙な胸騒ぎがして落ち着かなかった。

森の中にザアッと強い風が吹き、木々が揺れて葉擦れの音が広がる。頭に被っていた上着が煽られ、レナードが慌ててアシュレイから身を引いた。鼻を手で覆う様子から、誘惑香が風に乗り強く香ったのだろうと推測できた。

風下の方向からガサッと音があがったのはそのときだ。アシュレイが振り返ると同時に、物陰から飛び出してきたベイノンが低い体勢で突進してくる。

腰にしがみつかれ、アシュレイは抵抗する間もなく地面に押し倒された。理性を失った獣のように、ベイノンは唾液を滴らせながら覆い被さってくる。頭から被っていた上着は、倒れた衝撃で地面に落ちていた。

それは一瞬の出来事だった。肩をつかまれ、強引にうつ伏せにされたかと思ったら、次の瞬間にはうなじにベイノンの顔が埋められていた。ガリッという嫌な音がすぐそばから聞こえる。

「アシュレイ！」

動転したレナードが声を荒げ、ベイノンの横腹を蹴り飛ばした。余程の力を込めたのだろう。ベイノンは地面に全身を打ちつけたあと、その勢いのままゴロゴロと転がった。意識を失ったのか、手足をだらりと伸ばし動かなくなる。

護衛たちが駆け寄ってきてベイノンを捕縛する中、呆然とするアシュレイのそばに、レナードが飛びつかんばかりの勢いでやって来た。地面に片膝をついてアシュレイの上体を助け起こすと、そのままの体勢で恐る恐る首元を確認する。

震える手で上衣の襟に触れたレナードは、青ざめた顔で「血がついている」と漏らした。

「うなじを噛まれたのか……」

愕然とした様子で告げられ、アシュレイは「え」とその場所に手を当てた。首の後ろに触れて確認しようとしたところを、レナードに手首をつかまれ止められる。腕を引かれ、正面から力いっぱい抱きしめられた。

混乱するアシュレイを腕の中に閉じ込め、レナードが頭を擦り寄せてくる。

「大丈夫。……大丈夫だ」

アシュレイの後頭部に手を添え、レナードは掠れた声で言った。それからそっと身を離すと、頬を両手で包み至近距離から見つめてくる。艶やかな紫色の双眸にはアシュレイだけが映っていて、その力強い眼差しにアシュレイは目を逸らすことができなくなる。

「君が他のアルファの番であろうと……俺と番うことができなかったとしても関係ない。俺のためにオメガになると君は言ってくれたが、途中からはもう、ベータのままでも問題ないとすら思っていた。アシュレイがアシュレイである限り、俺の想いは変わらないから」

切々と紡がれる愛の言葉。誠実でまっすぐな、アシュレイだけに向けられた想い。それがひたひたと胸を満たし、アシュレイは言葉もなくレナードの瞳に見入った。

「愛している、アシュレイ。第二の性など関係ない。俺の妻は生涯君だけだ」

迷いのない声音で告げ、レナードは再びアシュレイを抱きしめた。熱烈な告白に、胸をぎゅっとつかまれたような心地になる。嬉しくて、幸せで、けれどちょっとおかしくて、アシュレイは「ふふっ」

と笑った。

「レナード様。僕の誘惑香、もう分からなくなっちゃいました？」

広い背中に腕を回し、レナードの体温を全身で感じながら問う。一瞬の沈黙ののち、レナードは困惑した様子で身動《みじろ》いだ。

「……いや……分かる、な……？」

番以外のアルファには誘惑香が効かないのに、なぜまだアシュレイのそれを感知できるのか不思議でならないのだろう。混乱するレナードを前に、アシュレイは肩を震わせて笑いを堪えた。

レナードと身を離したアシュレイは、上衣の釦を上から外した。襟の下に隠れていたものが露わになり、レナードが瞠目する。

肌に馴染む色を選んだため、暗がりでは分かりづらいものの、アシュレイは鍵つきの首輪を装着していた。望まぬ番関係を結ばぬよう、オメガのうなじを守るための。

「ファルコナー製の首輪は金属並みの硬度を誇ります。強引に噛みつけば、歯の一本や二本は簡単に折れてしまう。……襟についていたのは僕の血ではありませんよ」

ぽかんと口を半開きにする夫に、アシュレイは悪戯が成功した子供のような表情を見せる。オメガの体に変化し始めてからは、いつ発情が起こっても問題ないよう、外出の際は必ず首輪を身に着けるようにしていた。

己の勘違いを察したレナードが、額に手を当て顔を隠す。「あー……」とばつが悪そうな声を漏らした唇は、細かく震えていた。

「僕はまだ誰の番にもなっていません。……でも、番になりたい人ならいます」

アシュレイは穏やかな口調で告げ、レナードの手首に指を絡める。そっと目許から引き離すと、レナードは気恥ずかしさを堪えきれない様子で精悍な顔を顰めていた。一見すると厳《いか》めしい表情だが、アシュレイはその目がわずかに濡れていることに気づく。

先ほどレナードがそうしたように、今度はアシュレイが彼の頬に手を添えた。

「愛しています、レナード様。番になれなくてもいいと言ってくれたけど、でも僕はやっぱり、誘惑香も発情も全部あなただけに捧げたい」

清水《しみず》のようにあふれ出る想いを、アシュレイはまっすぐ伝える。あれほど躊躇していたのがなんだったのかと思うほど、胸の中は清々しい気持ちでいっぱいだった。アシュレイの変化を察したのか、レナードもまだ驚いた様子で目を瞬かせる。

アシュレイにとっても、レナードにとっても、番になることはただ互いの利益を追求した結果に過ぎなかった。結婚も同じで、夫からの愛などなくてもなんら問題ないと思っていた。

けれどレナードと同じ時間を過ごし、その人となりに触れるうち、どんどん彼に惹かれていった。

弱い一面を見せてもらえるのが嬉しかったし、己を傷つけてまで他人を守ろうとする彼を、自分が守りたいと思った。アシュレイ自身も、彼の隣にいると心から安らぐことができ、いつの間にか絶対に失いたくない大切な人になっていた。

アシュレイは顔を傾けると、ちゅっと音を立てて形のよい唇に口付けた。彼が目を丸くする姿を見ていると、不思議な多幸感が胸を満たす。ああ、多分、そうだ。彼がこんなふうに気を抜いた姿を見せてくれるのは、きっと自分の前でだけだから。

「どうか僕を、あなたの番にしてください。あなただけのオメガにしてください」

沈みゆく瞬間の太陽が、木々の隙間から最後の光を漏らす。それを頬に受けながら、アシュレイは思いの丈を打ち明けた。

迷いのない言葉はレナードの胸にきちんと届いたらしく、凜々しい眉がぴくりと震えた。泣き笑いのような表情を見せたレナードは、掠れた声で「もちろんだ」と答え顔を寄せてくる。

重ねられた唇に確かな愛を感じる日が来ることを、三ヵ月前の自分に教えてやりたい……とアシュレイは思った。


馬車に揺られること四時間。ようやくグランヴィル邸に帰宅する頃には、服薬した発情緩和剤の効果がすっかり切れていた。

ふらつく足でなんとか馬車を降りたところを、レナードに抱えられまっすぐ寝室へ連れて行かれる。彼もまた切羽詰《せっぱつま》まった表情を浮かべていて、頬は上気し、こめかみから汗が滴っていた。誘惑香の逃げ場がない馬車の中で、アシュレイの肩を抱いたまま、込み上げる欲望に耐えていたのだから当然だろう。

寝台の中心にアシュレイを寝かせたレナードは、燭台の火を灯さないまま慌ただしく靴を脱ぎ捨てた。自分もすぐさま寝台に乗り上げてきて、無言でアシュレイの靴を床に落とすと、顔の横に手をついて覆い被さってくる。

アシュレイが彼の首に腕を回すのと、レナードが唇を重ねてきたのは同時だった。なにも言っていないのに二人ともすぐに深く嚙み合わせて、ねっとりと舌を絡ませる。夢中でレナードを求めた分、同じ熱量で求められるのが嬉しかった。

「ぁ……、んふ……ッ」

アシュレイが唇の繫ぎ目から上擦った声を漏らす中、レナードは濃厚なキスを続けながら下肢を重ねてきた。肘を寝台について体を支え、舌に吸いつきつつアシュレイの上衣の釦を外していく。

胸元を半分ほど開くと、そこを左右に割り開き、レナードが大きな手でゆったりと撫で始めた。同時に腰を揺さぶってくるので、張りつめた二本の雄が下衣越しにぶつかってしまう。

口の端から唾液がこぼれるほど口腔を深く犯しながら、レナードの手が薄紅色の乳首を捏ね回す。先端に親指の腹を当ててくにくにと転がし、そこがツンと尖っていくのを楽しむように愛撫する。

それと同時に激しく腰を前後に動かされ、敏感になった中心に性器を擦りつけられて、アシュレイはどうにかなりそうなほど感じた。体中の糸がピンと張りつめ、額も胸も、足の爪先も、全身が熱を持っているのが分かる。いまだかつてないほどの興奮に、後孔から愛液があふれて止まらなくなる。

「あ、ぅ……っ、で、る……出ちゃ……」

「このまま出せ」

キスの合間にアシュレイが喘ぐと、レナードが低い声で答えた。胸を弄っていた手が臀部に回り、鷲《わし》づかみにされる。アシュレイの首筋に顔を埋めたレナードは、熱い息を漏らしながら激しく腰を揺らしてきた。

先ほどよりも下腹部が密着したことでより強い刺激が与えられる。レナードの下で、アシュレイは身を捩らせて快感に悶えた。

「あッ、あぁっ！　……――ッ！」

爪先を丸め、びくびくと体を震わせて射精する。すぐそばでレナードが息を詰める気配があり、彼もまた絶頂に達したのだと分かった。二人ともすでに汗だくで、様々な体液によって衣服が肌に貼りついている。

間を置かずレナードが唇を重ねてきて、表面を濡らす唾液を舌先で舐め取りながら、アシュレイの上衣の釦をすべて外していく。アシュレイも淫《みだ》らなキスに応えながら、忙しなくレナードの上体に手を這わせた。一度果てたのにまるで熱が引かない。

これが発情期のオメガとアルファの情事なのだと思った。性欲を発散することが目的なのではなく、本能が互いを求め合っているのを、身を以て実感する。

露出した腹に触れながら、レナードの手がアシュレイの下肢へ下りていく。性器から後孔までを下衣の上からじっくり撫でられ、アシュレイは「あっ」と声を漏らした。

「前も後ろもすごいことになっているな。衣服越しなのに、ぐっしょり濡れているのが分かる」

耳許で揶揄するように囁かれ、アシュレイは頬に熱を上らせた。痴態を指摘されるとどうにも昂ぶってしまう。明るい場所で見れば、まるで粗相《そそう》をしたかのように下衣の色が変わっていることだろう。

満足げに口角を上げたレナードは、アシュレイの下衣を下着ごと引きずり下ろした。愛液と精液が混じり合い、下着との間にとろりと糸を引く。

レナードの手によって下衣を完全に取り払われると、今度はアシュレイが彼の上衣に手を伸ばした。交互に脱がし合い、互いに一糸まとわぬ姿になる。暗い寝室に湿った空気が満ちる中、自分を見下ろす男の美しさに、アシュレイの目は釘付けになった。

胸や二の腕の筋肉は張りがあり、腹筋は割れている。がっしりした太股の間には、吐精した直後とは思えないほど隆起《りゅうき》した雄があった。窓から差し込む月明かりによって、幹に浮き出た血管まで確認できる。

しかしなによりアシュレイを惹きつけたのはその顔だ。元より端整な面立ちだが、力強い双眸に劣情を宿している今は、見ているだけで胸が高鳴るほどの壮絶な色香を放っている。

ごくりと喉を鳴らすアシュレイに、レナードが手を伸ばしてきた。頬に触れられ、親指の腹で皮膚を撫でられただけで堪らない気持ちになる。

「……首輪の鍵を」

深みのある低い声で端的に請われ、アシュレイは枕の下に手を差し入れて鍵を取り出した。それを使ってレナードが首輪を解錠する。

うなじを覆うものがなくなると、レナードは身を倒しアシュレイを抱きしめてきた。裸の体が重なり、濡れた皮膚が触れ合う。アシュレイが広い背中に腕を回し、うっとりと息を漏らす傍らで、レナードが首筋の匂いを深く吸い込む。

誘惑香を間近で浴びたのだから、理性を失ってもおかしくなさそうなものだが、顔を上げたレナードは存外穏やかな表情をしていた。額に玉の汗を浮かべながら、ふっと口許を綻ばせる。

「甘い香りがする。蜜蜂を集める花のような、けれど決して押しつけがましくはない、優しい香りだ」

唇の表面に吸いつくだけのキスをされ、アシュレイはぱちぱちと目を瞬かせた。

「人によって誘惑香の匂いが変わるんですか？」

「ああ。どんな香りでもアルファを惹きつけるのは変わらないが……今まで嗅いだ誘惑香は、本能を掻き乱されることへの恐怖心が上回り、好ましい香りかどうかまでは考えなかった」

「……僕の香りは嫌じゃない？」

おずおずと尋ねるアシュレイに、レナードは精悍な顔を崩し、おかしそうに笑った。彼の素の一面が垣間見える瞬間は、いつもアシュレイの胸をまっすぐ射貫く。

「嫌いなわけがない。むしろ、これほど心惹かれる誘惑香を今まで嗅いだことがない」

そう言って、レナードはアシュレイを抱き竦める。欲望のまま求めるような仕草ではなく、心と体を丸ごと包み込むような、慈愛に満ちた抱擁だった。

「今までもこの先も、俺が求めるオメガはアシュレイだけだ。この魅力的な香りを、どうか俺に独占させてくれ」

うなじを指でなぞりながら請われ、アシュレイは目眩を覚えるほどときめいた。彼に求められる悦びに、胎の奥がきゅうっと疼く。相手がアルファだからではない。レナードだから幸せなのだ。

「嬉しい。レナード様が僕の誘惑香に反応してくれる日を、ずっと待ちわびていたから」

アシュレイは素直な気持ちを吐露してはにかむ。わずかに身を離したレナードは、やわらかな眼差しを寄越したのち、アシュレイの頬を両手で包んだ。

「レナードと呼んでくれ。俺たちはもう契約上でもなんでもなく、心から愛し合う夫婦なのだから」

蕩けるほどの甘い微笑みを向けられ、アシュレイはどぎまぎせずにいられない。ぽぽぽっと頬に熱を灯し、居たたまれなさに目を泳がせる。けれどレナードの視線はいつまでも離れず、要望に応えるまで穴が開くほど見つめ続ける気だろう、と想像できた。

「……レナード……」

アシュレイは強烈な気恥ずかしさを堪え、蚊の鳴くような声で彼の名前を呼ぶ。

たったそれだけのことで、レナードは心底嬉しそうに相好を崩した。褒美を与えるように優しいキスが降ってきて、アシュレイはほうっと息を漏らす。

そうやって温かな多幸感に身を浸していたら、あれほど照れたのが嘘のように、彼に対する愛の言葉があふれ出てきた。

「レナード……、……好き」

「ああ」

「大好き。全部好き。レナード……」

「俺もだ。アシュレイのすべてを愛している」

うわごとのような告白にも律儀に応えてくれるので、アシュレイは胸の底から込み上げてくる感情を抑えきれず、自ら口を開けて深いキスをねだった。レナードもすぐに応じ、アシュレイの口腔に舌を捻じ込む。慈しむような抱擁は、いつしか互いの体をまさぐる淫靡なものに変わっていた。

レナードの大きな手が、背中から肩、胸、腰へと這い回る。アシュレイの輪郭をたどるように愛撫しながら、レナードは徐々に体を後退させた。上向く乳首に吸いつき、舌で転がして、皮膚の固い手のひらで内股を撫でる。

臍に口付けながら太股の付け根を親指の腹で擦ると、やがてその奥の蕾に触れた。レナードによって男を教えられたそこは、指を宛がわれただけで浅ましくひくつき、くちゅりと卑猥な音を立てた。捏ねるように入口を押していた親指が、一拍ののち中へ入り込んだ。

「う、ん……っ」

熱く熟れた箇所に刺激を与えられ、アシュレイは睫毛を震わせて感じ入る。ぐぽっ、ぐぽっと遠慮なく肉を掻いていた親指は、中の具合を確かめるとすぐに引き抜かれた。今度は人差し指と中指を使って内壁を擦っていく。

以前は潤滑剤を使い、丁寧に解さないと苦痛を覚えていた場所だ。それなのに今は自ら愛液を垂らし、二本の指をものともせずしゃぶっている。

三ヵ月という時間をかけ、ゆっくりと快楽を教え込まれた体は、レナードに愛されるためのものに作り替えられてしまった。

「あっ、ぅあ、レナード……ッ」

「感じると誘惑香がより強く香るんだな。……堪らない」

感嘆の声を漏らしたレナードは、アシュレイの膝を立たせ内股に唇を寄せた。きつく吸いついて赤い跡を残しながら、その中心で勃起する性器に近づいていく。期待で震えるそこにちゅっと音を立ててキスをすると、張りつめた幹に舌を這わせ始めた。

敏感な裏筋を、焦れったくなるほど時間をかけて舐め回し、丸い先端に吸いつく。先走りでびしょびしょに濡れる鈴口を舌先で虐め、張り出た雁首までを口腔に出入りさせる。

気持ちいいけれど射精できるほどではない、もどかしい口淫を施しながら、一方で後孔は三本の指を使って激しく責め立てた。感じる場所へ執拗に指を捻じ込み、手首を左右に回して抉りながら、中で指を開いて蜜壺《みつつぼ》を拡げていく。

「ひぁっ、ああっ、ぁ、きもちぃ、きもちい……っあ、ぁ」

爪先に力を込めて踵を浮かせ、アシュレイは腰を突き出すようにして悦《よ》がった。淫らな姿を晒していると分かりながら、腰を揺らすのを止められない。だってあと少し……ほんの少し高まるだけで、一番気持ちいいところへ行けるのに。

「も……、挿れて……中、ちゃんと入るから……」

レナードの髪に指を差し入れ、アシュレイは息も絶え絶えに訴えた。けれどレナードは「んん？」ととぼけるように返し、表面を舐めるばかりの口淫を続ける。

「新婚初夜も似たようなことを言っていたな。問題ないから早く挿入しろと。結局、先端すらろくに入れられなかったわけだが」

「あ……あのときとは違いますから！」

くくっと喉奥から笑い声を漏らすレナードに、アシュレイは慌てて反論した。レナードは上向く性器の根元に軽く吸いついてから、後孔の中に埋めていた指を引き抜く。

そのまま挿入するのかと思いきや、内股に手を置いて双丘を割り開き、つい今し方まではしたなく指をしゃぶっていた孔をまじまじと見る。

「そうだな。中に潤滑剤を仕込んでいたときよりずっと濡れている。……愛らしいな」

言い終わるや否や、レナードはアシュレイの後ろに顔を埋め、刺激を求めてひくつく蕾に舌を差し入れた。

「ひ、ぁ……っ！」

ぬるりとした感触が浅い場所に出入りし、潤んだ媚肉を舐め回す。同時に顔のすぐそばにある中心を握り、上下に激しく扱いた。慣れない感覚と待ち望んだ快感が一気に襲ってきて、アシュレイは脚をガクガク震わせながら身悶える。

腹の底に溜まっていた熱が精路を駆け上がり、一気に爆発した。ぶるりと震えた性器がレナードの手の中に白濁した液体を吐き出す。アシュレイは寝台に四肢を投げ出し、胸を大きく揺らして荒い呼吸を繰り返した。

寝台に座り込んだレナードもまた息を乱し、快感の余韻に浸るアシュレイを見つめていた。自らの手のひらにねっとりと舌を這わせ、そこを汚す体液を舐め取っていく。扇情的《せんじょう》な夫の姿にアシュレイは唾液を飲み下した。

（どうしよう。……足りない）

二度も射精したのに、欲望は際限なく湧き上がりアシュレイの体を内側から炙《あぶ》っていく。彼の精で濡らしてほしいと、オメガになった体が渇望している。アシュレイにとって唯一無二の、心から愛するアルファの子種が欲しい。

治まらない疼きに耐えかねて、アシュレイは体を反転させ四つん這いになった。頭を寝台に伏せると、尻だけを突き出す体勢になる。

啞然とするレナードに向かって、臀部の肉を左右に開き、雄を求める後孔を見せつけた。

「お願い、レナード……、……我慢できない」

耳まで熱を上らせながら、アシュレイは懸命にねだる。

直後、レナードが弾かれたように腰を上げた。アシュレイの後ろに回って膝立ちになり、その腰を強い力でつかむと、懇願した場所に丸い切っ先を宛がう。ぬかるんだ媚肉を、勇ましい肉杭によって間髪を入れず貫かれる。

その瞬間、脳内に閃光が走ったと思ったら目の前で弾け、アシュレイの頭を真っ白に染めた。

「……～～ッ！」

敷布を握りしめ、アシュレイは言葉もなく達した。けれど精を吐いたばかりの中心からはなにも出てこず、中だけで絶頂を極めたのだと分かる。頭の中で快感が弾けるような感覚が射精したときより長く続き、アシュレイは背中を小刻みに震わせながら感じ入った。

内壁が蠕動する感覚があり、咥え込んだ雄にしゃぶりつくのが分かる。快感の余韻が引かないまま肩越しにレナードを見ると、彼は美貌を歪め息を詰めていた。張りのある胸板の上を汗が伝い、筋肉に沿って滑り落ちていく様子に、匂い立つような雄の色気を感じる。

アシュレイと視線がぶつかった瞬間、レナードはふいに笑みを見せた。それは公爵然とした品のいい微笑みとも、親しい者に見せる気さくな笑顔とも異なる、目にした者が後ずさりしてしまうような悪い笑みだった。

まずい、と思ったときにはもう、力強い律動が始まっていた。大きく腰を動かして結合が解ける直前まで雄を引き抜き、すぐにまた奥へ押し込む。直線的な抽挿は一突き一突きが重く、やわらかな内壁を彼のもので擦られるたびに、体の中心が痺れるほどの快楽に襲われた。

「あぁっ！　あっ、ぁ、ま、待って、激し……」

眉を切なく寄せて訴えるが、レナードは一向に腰の速度を落とさない。それどころか、腰を引き寄せて結合を深め、より奥まで挿入する。

「アシュレイが煽ったんだろう……ッ」

吼《ほ》えるような声音で返し、レナードは容赦なく雄を突き立てた。彼の動きに合わせて寝台が跳ねることに、聴覚からも興奮を掻き立てられる。濡れた肉がぶつかり合う生々しい音も堪らない。

腰を引いたレナードが、浅い場所を掻き回すような動きをすると、そこはじゅぷじゅぷと淫猥《いんわい》な水音を立てた。後孔からおびただしい量の愛液が垂れてきて、アシュレイの内股を濡らすだけでなく、敷布にまで雫を落とす。

「俺に抱かれるために、こんなに濡らしているのか……？」

息を乱しながら、レナードが色香の漂う声で囁く。体の隅々まで快楽に浸されながら、アシュレイは寝台に伏せたまま何度も頷いた。

「レナード、に……抱いてほしくて、オメガになった……」

朦朧《もうろう》とする中で口にした台詞が、自分でも驚くほどすとんと胸に落ちる。

そうだ。アルファと番える性になったのも、潤滑剤がなくともすぐに抱き合える体になったのも、すべてレナードを求めるがゆえだ。始まりはただの契約だったけれど、今はただ、愛する人をすべて受け入れたくてこの身を拓いている。

素直な返答に満足したのか、レナードが再び深くまで入り込んできた。少しばかり前傾姿勢になった彼は、アシュレイの股の間に手を伸ばすと、律動に合わせて揺れる中心に指を絡めた。

抽挿と同じ速度で性器を扱かれ、アシュレイの体がびくんっと跳ねる。二度の射精をし、胎内の刺激だけで果てることを覚えた体に、その刺激は強すぎる。

「やっ、だめ、そこ触っちゃだめ……ッ」

右手を伸ばして必死に止めようとするが、レナードの手淫は一向に止まない。厚い胸板に背中を押され、アシュレイは上半身を投げ出すような格好になる。

レナードは左肘を寝台について上体を低くし、アシュレイの首筋に顔を埋めた。誘惑香を堪能するように深く息を吸いながら、追い上げるように手の動きを速める。

精液を放つときとは別の感覚が込み上げてきて、アシュレイは懸命に歯を食いしばった。けれど結局は堪えきれず、快楽を爆発させてしまう。

「あぅ、あっ、ひ……ッ、く……！」

ガチガチと歯を鳴らしながら、アシュレイは鈴口からぶしゅっと透明な体液を吐いた。腰の下の敷布に大きな染みができてしまい、顔から火を噴きそうになる。漏らしたみたいで恥ずかしい。でもどうしようもなく気持ちいい。

アシュレイが潮《しお》を噴いてもなおレナードの腰の動きは止まらず、蕩ける肉壁を犯しながら寝台に体を沈める。うつ伏せの状態での挿入は逃げ場がなく、アシュレイは口の端から唾液を滴らせながら愉悦に溺れた。頬に触れた手が首を捻るよう促してくるので、彼のほうへ顔を向けると、唇まで深く犯されてしまう。

獣のような激しい情事に、アシュレイは惑乱すると同時に、体の芯まで満たされていくのを感じた。発情したオメガの体が、アルファに求められることを悦んでいる。

「……うなじを噛むぞ」

唾液の糸を引きながら唇を離すと、レナードが低い声で言った。

「俺以外の子を孕めない体にしたい。俺以外に、この芳香《ほうこう》を決して嗅がせるな」

余裕なく腰を打ちつけながら首の後ろに口付け、執心の滲む台詞を口にする。寝台に置いた手に大きな手が重ねられ、指を絡めてアシュレイの顔の横に縫いつけられた。

レナードの独占欲も、すべてを貪り尽くすような情事も、なにもかもが甘美で溺れてしまう。この幸せな時間の中で、足りないのはあとたった一つだ。

「番にして。……僕をレナードのためのオメガにして」

アシュレイは蕩けるような声音で告げる。

すぐそばから唾液を飲み込む音が聞こえたと思ったら、間を置かずうなじに歯が立てられる。皮膚に鋭い痛みが走った瞬間、体の中心に濃厚な快楽がどぷっとあふれ、あっという間にアシュレイを呑み込んだ。

「……――っ！」

頬を紅潮させて恍惚《こうこつ》の表情を浮かべ、アシュレイは身を引き絞るようにして達した。何度目かも分

からない絶頂は今までで一番深く、咥え込んだ雄をきつく締めつけてしまう。

「ぐ……ッ」

レナードは苦しげな呻き声を漏らし、奥まで埋め込んだ状態で体を震わせる。彼も絶頂に達したらしく、熱い体液が胎の中に流れ込んでくる。ゆったりと腰を揺らして種付けされ、アシュレイは「んっ……」と息を漏らした。

ふいに、入り口のあたりを内側から拡げられるような感覚があった。指でも入れられたのかと思ったが、そうではないとすぐに気づく。

「もしかして亀頭球ですか……？」

「そうだな。……しばらくはこのまま動けない」

レナードを振り返ると、彼は困ったように笑って肩を竦めた。

オメガの誘惑香に当てられたアルファは、射精する際、性器の根元に瘤のような膨らみができることがある。結合が外れないように栓《せん》をして、自分の精を余すことなく注ぐのが目的らしい。

「いいですよ。レナードと繋がってるの、僕は嬉しいから」

アシュレイは素直に告げ、彼の頰に口付ける。与えられた愛情と同じだけの想いを返せるのが嬉しかった。臆病だったせいでなかなか気持ちを伝えられずにいた分、これからは出し惜しみせずに彼を愛したい。

そんなふうに思っての行動だったが、レナードは印象深い目を瞬かせたのち沈黙した。アシュレイをまじまじと見つめながら体に腕を回し、きつく抱き竦める。

「そんなに俺を煽ってどうしたいんだ」

「へっ？」

「発情期は一週間続くのに、初日から抱きつぶしてしまいそうだ」

真顔で迫られ、後ずさりたいのに逃げ場がない。美形の無表情は迫力がすごい、とアシュレイが目を泳がせる中、レナードはニヤリと口角を上げた。閨でのみ見せる意地悪な笑みに、焦っているのに胸の高鳴りが止まらない。

「だがまあ、そんなものは覚悟の上だよな？　愛する夫のためにオメガへ変転した、健気で可愛い妻なのだから」

レナードは機嫌よく告げ、アシュレイの返事を待たぬまま唇を重ねた。愛情を伝えるにしても、時と場合を選ばなくてはならない……と学んだのは、一週間後、寝台から起き上がれないほど彼に抱かれ尽くしたあとだった。


輿入れから九ヵ月後に実現した披露宴の朝は、気持ちのいい青空が広がっていた。

純白の婚礼衣装に身を包んだアシュレイは、グランヴィル邸の一室で、椅子に座り手紙を読んでいた。白い便箋《びんせん》には、アシュレイが送った手紙に対する感謝の言葉と、その返事が書かれている。

差出人は、遠く離れた修道院で暮らすノエル・ドーソンだ。

〈ここではオメガという性を軽んじられることもなく、人間らしい生活を送ることができています。それもこれも、アシュレイ様が私を励まし、前を向く勇気をくださったおかげです〉

ノエルらしい丁寧な文字が並ぶ手紙に、アシュレイはふっと口許を綻ばせた。

アシュレイの誘拐事件が起こってから半年あまり。その間に様々な出来事があった。

事件の首謀者であるドーソン伯爵と、実行犯であるベイノンたちは捕らえられ、投獄された。調べを進める中で、ドーソン伯爵が以前から違法な発情誘発剤を所持していたことも判明した。それをノエルに使用し、発情した状態でレナードのもとへ向かわせていたことも。

そこまでは概ね予想どおりだったが、驚いたのは、ドーソン伯爵がファルコナー家に恨みを持っていた年月の長さだ。

十年ほど前、発情抑制剤の開発技術を買い取りたいと、ドーソン伯爵は父のもとを訪れていたらしい。しかし、質の悪い劣化版を売り捌くことが目的だと見抜かれ、交渉はあえなく失敗に終わった。

見知らぬ貴族に罵声を浴びせられた幼少期の記憶。あの男こそがドーソン伯爵だったのだ。侮っていた新興貴族から拒絶されたことにドーソン伯爵は怒り狂い、それ以降ファルコナー家を目の敵にしていたという。

(だから余計に許せなかったんだ。ファルコナー家の息子が公爵家と繋がりを持ったことも、僕を侮辱する姿が見つかって降爵のきっかけになったことも)

なんとかしてグランヴィル家とファルコナー家の仲を引き裂きたいと考えたドーソン伯爵は、アシユレイの父とエメリーが来訪することを知ると、レナードの屋敷に発情誘発剤を仕掛けるよう手下に指示した。

エメリーを発情させ、グランヴィル家を混乱に陥れることが当初の目的だったそうだが、そこで思いがけないものを目にする。オメガの誘惑香に当てられるレナードの姿だ。

グランヴィル公爵が元ベータの妻をオメガに変転させ、番になった——。その話は、実は作りものなのではないか。そう考えたドーソン伯爵は、ベイノンたちを金で雇い、今回の誘拐事件を計画したというわけだ。

ちなみに、〈流浪の修道士〉ルソモナを名乗っていたベイノンたちだが、実際にはルソモナと無関係であることが判明した。彼らに協力させるため、ドーソン伯爵は修道院に入っていたノエルを強引に連れ戻し、今回の計画に加わるよう命じたという。

大貴族である公爵の妻を拉致し、陥れようとしたこと。公爵家に違法な発情誘発剤を仕掛けたこと。それらの罪は重く、ドーソン伯爵は打ち首となったうえ、家門廃絶が決まった。ジリクシア王国にはもう、ドーソンの姓を名乗る貴族は存在しない。

実行犯の一人であるノエルも、本来であれば同じ罪を背負うはずだった。しかし父親から長年蔑まれ、彼の命令に背けなかったという事情と、なによりアシュレイの嘆願によって、離島にある厳格な修道院へ送られる……という減刑措置が決まった。

すべてが終わった今は、月に一度、アシュレイと手紙のやりとりをしている。修行に励む日々は厳しいことも多いだろう。それでもノエルがささやかな幸せを大切に、前向きに生きてくれていることが、アシュレイは嬉しかった。

(いつかまた、ノエルとおしゃべりしながらお茶を飲める日が来たらいいな)

手紙を封筒に戻し、アシュレイが穏やかな笑みを浮かべる中、コンコンと扉を叩く音が聞こえた。返事をすると扉が開き、レナードが姿を見せる。

「そろそろ開宴の時間だぞ。準備はいいか?」

迎えにきてくれたレナードは、前髪を上げているために華やかな顔が強調され、いつも以上に格好いい。紫色の双眸も純白の衣装によく映えている。

彼の隣に並んだアシュレイは、差し出された腕に手を載せ、部屋をあとにした。廊下で待っていた侍従長に先導され、玄関に向かって歩き出す。

機嫌のいいアシュレイに、レナードが「どうした?」と首を傾げる。

「自慢の旦那様だなあと思ったんです。婚礼衣装がよくお似合いだから」

「ありがとう。アシュレイも似合っている」

レナードも穏やかな微笑みを返すが、その言葉にアシュレイは目を瞬かせた。

「本当ですか? 目の下に隈とかできてないです? アルファ用の発情抑制剤について、昨夜も夜更けまで資料を読みすぎちゃって」

「前日はきちんと休めとあれほど言っただろう!」

一転して焦る様子を見せるレナードがおかしくて、アシュレイは「嘘ですよ」と軽やかな笑い声をあげる。公爵として領民を先導するときの威厳ある姿と、自分と一緒にいるときのレナードはまるで別人だ。

この半年の間に起こったのは、なにも後ろ向きな出来事ばかりではなかった。

アシュレイが提案したアルファ用の発情抑制剤が、ファルコナー家の協力により無事形になりつつあるのだ。現在は治験段階だが、オメガの誘惑香を浴びても問題なく理性を保つことができると、かなりの高評価を得ている。

オメガだけを守ればいいわけではない。アルファもまた、発情に支配されず自分らしい人生を送る――そんな未来がやってくる日もそう遠くないだろう。

「この先もきっと、ジリクシア王国はよりよい方向へ変わっていきますね」

長い廊下を歩きながら、アシュレイは清々しい気持ちで告げた。隣を歩くレナードが、ふっと口許をゆるめる。

「そうだな。グランヴィル領を豊かにすることで、ゆくゆくはすべての国民が幸せな生活を送れるようになる……。そんな夢を、アシュレイとならきっと叶えられるはずだ」

迷いのない言葉が心に響き、じわりと胸が熱くなる。自分を心から信じてくれる存在が、これほど頼もしいものだとは思わなかった。腕に重ねた手に力を込め、さりげなく距離を詰めると、それに気づいたレナードがどこか楽しげに目許を細めた。

宝石のように艶やかな紫色の双眸には、温かな慈愛がこもっている。その目で見つめられると、嬉しいような落ち着かないような、そわそわした心地になるのだ。アシュレイにとっての最初で最後の恋は、彼と過ごす時間が重なっても色褪せることなく、日々新鮮な喜びを与えてくれた。

レナードはちらりと正面に目をやってから、無言で顔を寄せてきた。アシュレイは頬を赤らめつつ、踵を浮かせて背伸びをし、彼の唇を受け止める。侍従長に隠れてする、秘密のキスだ。

「番を作ってオメガから身を守ることが目的だったのにな。契約結婚をしたはずの妻に、まさかこれほど溺れることになるとは予期していなかった」

身を離したレナードが悪戯っぽい口調で告げる。アシュレイはわざとらしく肩を竦め、「本当ですよ」と冗談めかした。

「新婚初夜に僕のことを愛さないって言ったの、レナード様じゃないですか」

そう指摘すると、途端にレナードが苦い表情を見せた。首の後ろに手を当てて顔を顰める。

「あれは……自分でもひどい物言いだったと思う。今では深く反省している」

肩を落とす夫の姿は、初夜に見た冷徹さからは想像もつかないものだ。アシュレイが「あははっ」と声をあげて笑うと、侍従長が振り返り、微笑ましげな眼差しを向けてくる。

「仲睦まじいご夫婦になられてなによりです」

……と、しみじみとした調子で頷くので、レナードと顔を見合わせ、今度は二人で笑ってしまう。まったく、披露宴を前にした夫婦とは思えない賑やかさだ。

偽りから始まった二人は、九ヵ月が経った今、深い愛情と信頼で繋がった理想の関係に落ち着いていた。

正面玄関にたどり着くと、分厚い玄関扉の向こうから賑やかな雰囲気が伝わってきた。招待客の中には、両親の他に、ウォルトやエメリーの姿もあるはずだ。

そんな彼らに、アシュレイが劣等感を抱くことはもうない。第二の性など関係なく、自分だけを見てくれる夫がこの先もずっとそばにいる。彼に愛されている自信が、アシュレイに前を向かせてくれるから。

「さあ行こうか。今日は一日、君が主役だ」

レナードの合図を受け、従者たちが玄関扉を開く。オメガに変転した元ベータの青年は、愛しい番の隣で堂々と胸を張り、歓喜の輪の中に一歩足を踏み出した。

あとがき

初めまして、もしくはこんにちは。村崎《むらさき》 樹《たつる》と申します。このたびは「愛さないって言ったの公爵様じゃないですか ～変転オメガの予期せぬ契約結婚～」をお手に取っていただき、誠にありがとうございます。

突然ですが皆様、カレーライスはお好きでしょうか。わたしは人参をすり下ろし、じゃがいもは無しで、トマトを入れたカレーが好きです。

好む方が多いという意味で、ＢＬにおける王道とカレーライスは近いポジションにいる気がします。今作はまさに、「カレーライスを作ろう！」と意気込んで書き始めた作品でした。

しかしいざ作り始めると、「人参は星形に切ったほうが見た目がいいかも」「カレーといえばじゃがいも入りがスタンダードなのでは？」「トマト入れるとハヤシライスっぽいかな～～」とあれこれ悩んでしまい、ついには「料理ってどうやるんだっけ……」と手が止まる始末。

それでも悩みに悩んだ末、最終的には「いやでも、わたしが信じる鉄板カレーはこれなんだよ！」という強い意志のもと、表面的には前向きだけど心の中に翳《かげ》りがある受けと、威厳ある公爵に見えて実は世話焼き体質な攻めという、自分の中では定番の二人に仕上がりました。カレーライスに求める味からは少し離れてしまったかもしれませんが、「こういうのもありだよね」とおいしく召し上がってくださる方がいらっしゃればいいなあ、と願うばかりです。

ちなみに、カレーには入れない派ですがじゃがいも自体は大好きです。

カワイチハル先生には、素晴《すば》らしいイラストを描いていただき感謝の念に堪《た》えません。カワイ先生にいただいたキャラクターラフを見た瞬間、アシュレイとレナードがようやく息をし始めたように感じました。どうもありがとうございました！

いつまでも料理が提供されない状態が続き、担当編集K様には多大なるご迷惑をおかけしてしまいました。スプーンを片手に長らく空腹状態でお待たせし、大変申し訳ございませんでした……。

読者様にとりまして、アシュレイとレナードが、本編後の幸せな未来を想像したくなる二人になっていたら幸いです。お手紙やSNSなどでご感想をいただけましたら、萌《も》えとはなんだ……BLとは一体……と哲学のように考えていた執筆時のわたしが報《むく》われます！あと、市販のルーでできるおすすめカレーライスのレシピをいただければ、料理をするときのわたしが喜びます。

それでは、またどこかでお会いする機会があることを祈りまして。

二〇二四年七月　村崎 樹

リンクスロマンスノベル

愛さないって言ったの公爵様じゃないですか
～変転オメガの予期せぬ契約結婚～

２０２４年７月31日 第１刷発行

著　者　村崎《むらさき》 樹《たつる》
イラスト　カワイチハル
発行人　石原正康
発行元　株式会社 幻冬舎コミックス
〒１５１-００５１ 東京都渋谷区千駄ヶ谷４-９-７
電話０３（５４１１）６４３１（編集）
発売元　株式会社 幻冬舎
〒１５１-００５１ 東京都渋谷区千駄ヶ谷４-９-７
電話０３（５４１１）６２２２（営業）
振替　００１２０-８-７６７６４３
デザイン　kotoyo design
印刷・製本所　株式会社光邦

検印廃止

幻冬舎コミックスホームページ　https://www.gentosha-comics.net